卞尺丹几乙し丹卞と
Translated Language Learning

Les Aventures d'Alice au Pays des Merveilles

مغامرات أليس في بلاد العجائب

Lewis Carroll

لويس كارول

Français / العربية

Dans le Terrier du Lapin
أسفل حفرة الأرانب

Alice commençait à être très fatiguée

بدأت أليس تتعب جدا

Elle était assise à côté de sa sœur sur le talus d'herbe

كانت تجلس بجانب أختها على الضفة العشبية

Mais elle n'avait rien à faire

لكن لم يكن لديها ما تفعله

Sa sœur lisait un livre

كانت أختها تقرأ كتابا

une ou deux fois, Alice jeta un coup d'œil dans le livre

مرة أو مرتين نظرت أليس إلى الكتاب

Mais le livre ne contenait ni images ni conversations

لكن الكتاب لم يكن يحتوي على صور أو محادثات

« À quoi sert un livre sans images ? » pensa Alice

"ما فائدة الكتاب بدون صور؟"، فكرت أليس

« Pourquoi un livre n'aurait-il pas de conversations ? »

"لماذا لا يحتوي الكتاب على محادثات؟"

Mais elle avait d'autres choses à considérer

لكن كان لديها أشياء أخرى يجب مراعاتها

« Faire une chaîne de marguerites serait un plaisir »

"سيكون من دواعي سروري صنع سلسلة من الإقحوانات "

« Mais cela vaut-il la peine de se lever et de cueillir les
marguerites ?? »

"لكن هل يستحق الأمر الجهد المبذول للنهوض والتقاط الإقحوانات ؟؟ "

Ce n'était pas si facile d'y penser

لم يكن من السهل التفكير في هذا

parce que la journée la rendait somnolente et stupide

لأن اليوم كان يجعلها تشعر بالنعاس والغباء

Mais soudain, ses pensées s'interrompirent

لكن فجأة انقطعت أفكارها

un lapin blanc aux yeux roses courait près d'elle

ركض أرنب أبيض بعيون وردية بالقرب منها

Il n'y avait rien de trop remarquable chez le lapin

لم يكن هناك شيء رائع للغاية حول الأرنب

et Alice ne trouvait pas non plus le lapin remarquable

ولم تعتقد أليس أن الأرنب رائع أيضا

elle ne s'étonna pas non plus quand le Lapin parla

ولم يفاجئها عندما تحدث الأرنب

« Oh mon Dieu ! Je serai trop tard ! se dit-il

"يا عزيزي إسأكون متأخرا جدا "قال لنفسه

mais alors le Lapin a fait quelque chose que les lapins n'ont pas fait

ولكن بعد ذلك فعل الأرنب شيئا لم تفعله الأرانب

le Lapin tira une montre de la poche de son gilet

أخرج الأرنب ساعة من جيب صدرية

Il regarda l'heure puis se hâta

نظر إلى الوقت ثم سارع

Alice se leva, stupéfaite

وقفت أليس على قدميها في دهشة

Elle n'avait jamais vu un lapin avec un gilet auparavant !

لم تر أرنبا بصدرية من قبل !

elle n'avait jamais vu non plus de lapin avec une montre !

ولم تر أرنبا يحمل ساعة !

Alice brûlait d'une nouvelle curiosité

كانت أليس تحترق بفضول جديد

et elle courut à travers le champ après le Lapin

وركضت عبر الحقل بعد الأرنب

Elle était juste à temps pour voir le lapin disparaître

كانت في الوقت المناسب لرؤية الأرنب يختفي

Le lapin sauta dans un grand terrier de lapin

قفز الأرنب إلى حفرة أرنب كبيرة

Un instant plus tard, Alice s'est mise à courir après le lapin !

في لحظة أخرى ، ذهبت أليس بعد الأرنب !

Le terrier du lapin continuait tout droit comme un tunnel

سارت حفرة الأرانب مباشرة مثل النفق

Et le tunnel a continué à avancer sur une certaine distance

واستمر النفق في السير لبعض المسافة

Et puis le chemin s'est soudainement incliné

ثم انخفض المسار فجأة

Alice n'eut pas un instant pour songer à s'arrêter

لم يكن لدى أليس لحظة للتفكير في إيقاف نفسها

Elle s'est retrouvée à tomber et à tomber

وجدت نفسها تسقط وتسقط وهبوطا

Il semblait qu'elle était tombée dans un puits très profond

بدا الأمر كما لو أنها سقطت في بئر عميق جدا

Ou le puits était très profond, ou bien elle tombait très
lentement

إما أن البئر كانت عميقة جدا ، أو سقطت ببطء شديد

parce qu'elle avait tout le temps de tomber

لأن لديها متسعا من الوقت لتسقط

alors qu'elle tombait, elle pouvait regarder tout autour d'elle

بينما كانت تسقط ، كان بإمكانها أن تنظر حولها

D'abord, elle a essayé de comprendre où elle allait

أولا ، حاولت معرفة إلى أين هي ذاهبة

mais le puits était trop sombre pour voir quoi que ce soit

لكن البئر كان مظلما جدا بحيث لا يمكن رؤية أي شيء

Puis elle regarda les côtés du puits

ثم نظرت إلى جوانب البئر

Et elle remarqua qu'il y avait des placards tout autour d'elle

ولاحظت أن هناك خزائن في كل مكان حولها

et tout autour du puits il y avait des étagères de livres

وفي كل مكان حول البئر كانت أرفف الكتب

Çà et là, elle voyait des cartes et des tableaux accrochés à des piquets

هنا وهناك رأت خرائط وصورا معلقة على أوتاد

En passant, elle prit un bocal sur l'une des étagères

أنزلت جرة من أحد الرفوف أثناء مرورها

Le pot a été étiqueté pour son contenu

تم تصنيف الجرة لمحتواها

« MARMELADE D'ORANGES »

"مربى البرتقال مصنوع من البرتقال"

Mais, à sa grande déception, le pot de marmelade était vide

ولكن ، لخيبة أملها الكبيرة ، كانت جرة مربى البرتقال فارغة

Elle ne voulait pas laisser tomber le pot de marmelade vide

لم تكن تريد إسقاط جرة مربى البرتقال الفارغة

et sa chute fut très lente

وكان سقوطها بطيئا جدا

Elle a donc réussi à mettre le pot de marmelade dans l'un des placards

لذلك تمكنت من وضع جرة مربى البرتقال في إحدى الخزائن

Tombée, descendue, tombée !

لأسفل ، لأسفل ، لأسفل تسقط !

La chute prendrait-elle fin ?

هل سينتهي السقوط؟

Il n'y avait rien d'autre à faire

لم يكن هناك شيء آخر تفعله

alors Alice commença bientôt à se parler à elle-même

لذلك سرعان ما بدأت أليس في التحدث إلى نفسها

« Je vais beaucoup manquer à Dinah ce soir, je pense ! »

"دينا ستفتقدني كثيرا الليلة ، يجب أن أعتقد "!

Dinah était le chat d'Alice

كانت دينا قطة أليس

« J'espère qu'ils se souviendront de sa soucoupe de lait à l'heure du thé »

"آمل أن يتذكروا صحن الحليب الخاص بها في وقت الشاي "

« Dinah, ma chère, je voudrais que tu sois ici avec moi ! »

"دينا ، عزيزتي ، أتمنى لو كنت هنا معي "!

Alice sentit qu'elle s'assoupissait

شعرت أليس أنها كانت تغفو

Et puis soudain, bruit sourd ! bourrade!

ثم فجأة ، ضرب إرطم !

Elle tomba sur un tas de bâtons

سقطت على كومة من العصي

et elle atterrit sur un tas de feuilles sèches

وهبطت على كومة من الأوراق الجافة

et enfin la longue chute dans le trou était terminée

وأخيرا انتهى السقوط الطويل في الحفرة

Alice n'était pas du tout blessée

لم تتأذى أليس قليلا

Et elle se leva d'un bond au bout d'un instant

وقفزت في غضون لحظة

Elle leva les yeux, mais il faisait noir au-dessus de sa tête

نظرت إلى الأعلى ، لكن كل شيء كان مظلما في السماء

Devant elle se trouvait un autre long couloir

أمامها كان هناك ممر طويل آخر

et le Lapin Blanc était toujours en vue

وكان الأرنب الأبيض لا يزال في الأفق

Il se hâtait dans le couloir

كان يسرع في الممر

Il n'y avait pas un instant à perdre

لم تكن هناك لحظة نضيعها

Alice s'enfuit comme le vent

ركض أليس مثل الريح

Au coin de la rue, le lapin s'est retourné

قاب قوسين أو أدنى تحول الأرنب

Elle était juste à temps pour entendre le lapin

كانت في الوقت المناسب لسماع الأرنب

« "Oh, mes oreilles et mes moustaches »

""أوه ، أذني وشعيراتي "

« Comme il est tard ! »

"كم تأخر الوقت "!

Elle était tout près derrière le lapin

كانت قريبة من الأرنب

Elle tourna au détour d'un autre coin

استدارت حول زاوية أخرى

mais le Lapin n'était plus visible

لكن الأرنب لم يعد يمكن رؤيته

Elle se retrouva dans une longue salle basse

وجدت نفسها في قاعة طويلة منخفضة

La salle était éclairée par une rangée de plafonniers

أضاءت القاعة بصف من مصابيح السقف

Il y avait des portes tout autour de la salle

كانت هناك أبواب في جميع أنحاء القاعة

mais toutes les portes étaient fermées à clé

لكن جميع الأبواب كانت مغلقة

Elle marcha tout le long d'un côté de la salle

سارت على طول الطريق على جانب واحد من القاعة

et elle avait fait tout le chemin de l'autre côté de la salle

وقد سارت على طول الطريق على الجانب الآخر من القاعة

Elle avait essayé toutes les portes

لقد جربت كل باب

et elle marchait tristement au milieu de la salle

وسارت بحزن في منتصف القاعة

« Comment vais-je jamais en sortir ? »

"كيف سأخرج مرة أخرى؟ "

Tout à coup, elle tomba sur une petite table

فجأة جاءت على طاولة صغيرة

La table était entièrement en verre massif

كانت الطاولة مصنوعة بالكامل من الزجاج الصلب

Il n'y avait rien sur la table à part une petite clé dorée

لم يكن هناك شيء على الطاولة سوى مفتاح ذهبي صغير

La clé pourrait appartenir à l'une des portes !

قد ينتمي المفتاح إلى أحد الأبواب !

Mais, hélas ! Certaines serrures étaient trop grandes pour les clés

لكن ، للأسف ، إكانت بعض الأقفال كبيرة جدا بالنسبة للمفاتيح

et pour les autres serrures, la clé était trop petite

وبالنسبة للأقفال الأخرى ، كان المفتاح صغيرا جدا

mais, en tout cas, la clef n'ouvrit aucune des portes

ولكن ، على أي حال ، لم يفتح المفتاح أيا من الأبواب

Mais que devait-elle faire ?

لكن ماذا كانت تفعل؟

Elle traversa de nouveau le couloir

ذهبت عبر القاعة مرة أخرى

et cette fois, elle remarqua un rideau bas

وهذه المرة لاحظت ستارة منخفضة

Derrière le rideau se trouvait une petite porte

خلف الستارة كان هناك باب صغير

La porte avait une quinzaine de pouces de haut

كان ارتفاع الباب حوالي خمسة عشر بوصة

Elle essaya la petite clé dorée dans la serrure

جربت المفتاح الذهبي الصغير في القفل

Et à sa grande joie, la clé s'est glissée dans la serrure !

ومما يسعدها أن المفتاح يناسب القفل !

Alice ouvrit la porte

فتحت أليس الباب

et elle trouva la porte qui donnait sur un petit couloir

ووجدت الباب يؤدي إلى ممر صغير

Le couloir n'était pas beaucoup plus grand qu'un trou à rats

لم يكن الممر أكبر بكثير من حفرة الفئران

Elle s'agenouilla et regarda le long du couloir

ركعت على ركبتيها ونظرت على طول الممر

et elle a vu le plus beau jardin que vous ayez jamais vu

ورأت أجمل حديقة رأيتها على الإطلاق

comme elle avait envie de sortir de cette salle sombre

كيف كانت تتوق للخروج من تلك القاعة المظلمة

comme elle voulait se promener parmi ces fleurs lumineuses

كيف أرادت أن تتجول بين تلك الزهور الزاهية

Comme ces fontaines avaient l'air cool et rafraîchissantes

كم بدت تلك النوافير المنعشة الرائعة

Mais elle ne pouvait même pas passer la tête par la porte

لكنها لم تستطع حتى إدخال رأسها عبر المدخل

— Oh ! dit Alice d'un ton lugubre

"أوه "، قالت أليس بحزن

comme je voudrais pouvoir me plier comme un télescope !

"كم أتمنى أن أتمكن من طي مثل التلسكوب "!

« Je pense que je pourrais me plier comme un télescope »

"أعتقد أنني أستطيع الطي مثل التلسكوب "

« Si seulement je savais par où commencer »

"لو كنت أعرف فقط كيف أبدأ "

Alice retourna à la table

عادت أليس إلى الطاولة

Il y avait la chance de trouver une autre clé

كانت هناك فرصة للعثور على مفتاح آخر

Ou il pourrait y avoir un livre de règles

أو قد يكون هناك كتاب من القواعد

Le livre pourrait lui apprendre à se plier comme un télescope

يمكن أن يخبرها الكتاب كيف تطوى مثل التلسكوب

Cette fois, elle trouva une petite bouteille

هذه المرة وجدت زجاجة صغيرة

« cette bouteille n'était certainement pas là auparavant, » dit Alice

قالت أليس" :هذه الزجاجة بالتأكيد لم تكن هنا من قبل "

et autour du goulot de la bouteille était attachée une étiquette en papier

وكان مربوطا حول عنق الزجاجة ملصق ورقي

L'étiquette était magnifiquement imprimée en grandes lettres

تمت طباعة الملصق بشكل جميل بأحرف كبيرة

« BOIS-MOI »

"اشربني "

« Non, je vais regarder d'abord », a-t-elle dit

قالت" :لا ، سأنظر أولا "

« Je vais voir si la bouteille est marquée comme toxique ou non, »

"سأرى ما إذا كانت الزجاجة تحمل علامة سامة أم لا ، "

Parce qu'elle n'a jamais oublié la leçon sur le poison

لأنها لم تنس أبدا درس السم

« Si une bouteille est étiquetée comme toxique, elle est forcément en désaccord avec vous »

"إذا تم تصنيف الزجاجة على أنها سامة ، فلا بد أن تختلف معك "

Cependant, cette bouteille n'a pas été marquée comme toxique

ومع ذلك ، لم يتم تمييز هذه الزجاجة على أنها سامة

alors Alice se hasarda à goûter le contenu de la bouteille

لذلك غامرت أليس بتذوق محتوى الزجاجة

Elle trouva le liquide tout à fait à son goût

لقد وجدت السائل يرضيها تماما

La boisson avait une sorte de saveur mélangée

كان للمشروب نوع من النكهة المختلطة

tarte aux cerises, crème pâtissière et ananas

تارت الكرز والكاسترد والأناناس

Rôtir la dinde, le caramel et le pain grillé au beurre chaud

الديك الرومي المشوي والتوفي والخبز المحمص بالزبدة الساخنة

et elle finit bientôt la bouteille

وسرعان ما أنهت الزجاجة

« Quelle curieuse sensation ! » dit Alice

"يا له من شعور غريب "إقالت أليس

« Je me plie comme un télescope ! »

"أنا مطوي مثل التلسكوب "!

Et elle se repliait comme un télescope !

وكانت تطوي مثل التلسكوب بالفعل !

Elle n'avait plus que dix pouces de haut

كان ارتفاعها الآن عشر بوصات فقط

et son visage s'éclaira à ses pensées

وأشرق وجهها من أفكارها

Maintenant, elle était de la bonne taille pour la petite porte

الآن كانت بالحجم المناسب للباب الصغير

Maintenant, elle pouvait aller dans ce joli jardin

الآن يمكنها الذهاب إلى تلك الحديقة الجميلة

Bientôt, elle a cessé de devenir plus petite

سرعان ما توقفت عن الصغر

Elle décida d'aller tout de suite dans le jardin

قررت الذهاب إلى الحديقة على الفور

mais, hélas pour la pauvre Alice !

لكن ، للأسف لأليس المسكينة !

Elle arriva à la porte

وصلت إلى الباب

Mais elle avait oublié la petite clé d'or

لكنها نسيت المفتاح الذهبي الصغير

Elle retourna à la table pour prendre la clé

عادت إلى الطاولة للحصول على المفتاح

Mais elle s'aperçut qu'elle ne pouvait pas atteindre assez haut

لكنها وجدت أنها لا تستطيع الوصول إلى عال بما فيه الكفاية

Elle pouvait voir la clé très distinctement à travers la vitre

كان بإمكانها رؤية المفتاح بوضوح تام من خلال الزجاج

Elle essaya de grimper sur les pieds de la table

حاولت تسلق أرجل الطاولة

Mais le verre était beaucoup trop glissant

لكن الزجاج كان زلقا جدا

Finalement, elle s'est fatiguée à essayer

في النهاية تعبت نفسها من المحاولة

et la pauvre petite fille s'assit et pleura

وجلست الفتاة الصغيرة المسكينة وبكت

Alice se parlait à elle-même assez vivement

تحدثت أليس إلى نفسها بحدة إلى حد ما

« Allons, ça ne sert à rien de pleurer comme ça ! »

"تعال ، لا فائدة من البكاء بهذه الطريقة "!

« Je vous conseille d'arrêter tout de suite ! »

"أنصحك بالتوقف في هذه اللحظة "!

Elle se donnait généralement de très bons conseils

لقد أعطت نفسها بشكل عام نصيحة جيدة جدا

bien qu'elle suivît très rarement ses propres conseils

على الرغم من أنها نادرا ما اتبعت نصيحتها الخاصة

Et elle était parfois trop dure envers elle-même

وكانت في بعض الأحيان قاسية جدا على نفسها

et ses paroles lui firent monter les larmes aux yeux

وجلبت كلماتها الدموع في عينيها

Bientôt, son regard tomba sur une petite boîte en verre

سرعان ما سقطت عينها على صندوق زجاجي صغير

La petite boîte de verre était posée sous la table

كان الصندوق الزجاجي الصغير ملقى تحت الطاولة

Dans la boîte en verre se trouvait un tout petit gâteau

في الصندوق الزجاجي كانت كعكة صغيرة جدا

Sur le gâteau, quelques mots étaient magnifiquement écrits

على الكعكة كانت بعض الكلمات مكتوبة بشكل جميل

les mots avaient été marqués dans des groseilles

تم تمييز الكلمات بالكشمش

« MANGE-MOI »

"تناولني"

« Eh bien, je vais manger le gâteau », dit Alice

قالت أليس" حسنا ، سآكل الكعكة "

« et si le gâteau me fait grossir, je peux atteindre la clé »

"وإذا كانت الكعكة تجعلني أكبر ، يمكنني الوصول إلى المفتاح "

« et si le gâteau me fait rapetisser, je peux me glisser sous la porte »

"وإذا جعلتني الكعكة أصغر ,يمكنني أن أتسلل تحت الباب "

« Donc, de toute façon, j'irai dans le jardin »

"لذا في كلتا الحالتين سأدخل الحديقة "

« Et peu m'importe lequel des deux arrive ! »

"ولا يهمني أي من الاثنين يحدث "!

Elle a mangé un peu du gâteau

أكلت القليل من الكعكة

et elle se parla anxieusement à elle-même :

وتحدثت بقلق إلى نفسها :

« Dans quel sens ? Dans quel sens ?

"في أي اتجاه؟ في أي اتجاه؟ "

et elle posa la main sur sa tête

وأمسكت يدها على رأسها

Elle voulait sentir de quelle façon elle grandissait

أرادت أن تشعر بالطريقة التي كانت تنمو بها

Elle fut très surprise de découvrir ce qui s'était passé

لقد فوجئت تماما بالعثور على ما حدث

Elle était restée de la même taille !

لقد بقيت بنفس الحجم !

Cette fois, elle redoubla donc d'efforts

لذلك ضاعفت هذه المرة جهودها

Et bientôt, elle termina tout le gâteau

وسرعان ما أنهت الكعكة بأكملها

La mare de larmes

بركة الدموع

« Cela devient de plus en plus intéressant ! » s'écria Alice

"هذا يزداد إثارة للاهتمام "إصرخت أليس

Vous pouvez voir qu'elle était très surprise

يمكنك أن ترى أنها كانت مندهشة جدا

« Je m'ouvre comme le plus grand télescope qui ait jamais existé ! »

"أنا أفتح مثل أكبر تلسكوب على الإطلاق"!

« Au revoir, les pieds ! Oh, mes pauvres petits pieds"

"وداعا أيها القدمين !أوه ، قدمي الصغيرة المسكينة"

« Je me demande qui va vous mettre vos chaussures maintenant, mes chères ? »

"أتساءل من سيرتدي حذائك من أجلك الآن ، أعزاء؟"

et je me demande qui mettra vos bas ?

"وأتساءل من سيرتدي جواربك؟"

« Je serai beaucoup trop loin »

"سأكون بعيدا جدا"

« Je ne pourrai plus me soucier de toi »

"لن أكون قادرا على إزعاج بشأنك بعد الآن"

Juste à ce moment, sa tête heurta quelque chose

في هذه اللحظة فقط اصطدم رأسها بشيء ما

Elle avait atteint le toit de la salle

كانت قد وصلت إلى سطح القاعة

En fait, elle mesurait maintenant plus de deux mètres

في الواقع ، كان طولها الآن أكثر من مترين

et elle prit aussitôt la petite clef d'or

وأخذت على الفور المفتاح الذهبي الصغير

et elle se précipita vers la porte du jardin

وهرعت إلى باب الحديقة

Pauvre Alice ! Il n'y avait pas grand-chose qu'elle pouvait faire

أليس المسكينة !ألم يكن هناك الكثير الذي يمكنها فعله

Elle s'allongea sur le côté

استلقيت على جانب واحد

et elle regarda d'un œil dans le jardin

ونظرت إلى الحديقة بعين واحدة

Mais s'en sortir était plus désespéré que jamais

لكن العبور كان ميؤوسا منه أكثر من أي وقت مضى

Elle s'est assise et a recommencé à pleurer

جلست وبدأت في البكاء مرة أخرى

Elle a continué à verser des litres de larmes

واصلت ذرف جالونات من الدموع

Bientôt, il y eut une grande flaque tout autour d'elle

سرعان ما كان هناك مسبح كبير حولها

et l'eau atteignait la moitié du couloir

ووصل الماء إلى منتصف الطريق إلى أسفل القاعة

Au bout d'un moment, elle entendit un petit claquement de pieds

بعد فترة ، سمعت القليل من قعقعة القدمين

Elle entendit les pas venir de loin

سمعت القدمين قادمة من بعيد

et elle s'essuya vivement les yeux pour voir ce qui allait arriver

وجففت عينيها على عجل لترى ما سيحدث

C'était le retour du Lapin Blanc

كان الأرنب الأبيض عائدا

Il était magnifiquement vêtu

كان يرتدي ملابس رائعة

Il avait une paire de gants blancs dans une main

كان لديه زوج من القفازات البيضاء في يد واحدة

et il avait un grand éventail de plumes dans l'autre main

وكان لديه مروحة كبيرة من الريش في اليد الأخرى

Il arriva en trottinant en toute hâte

جاء وهو يهرول في عجلة من أمره

et il murmura en lui-même : « Oh ! la duchesse, la duchesse !

وتمتم لنفسه ،" أوه إالدوقة ، الدوقة!

« Ah ! ne serait-elle pas sauvage si je l'ai fait attendre !

"أوه إالن تكون متوحشة إذا أبقيتها تنتظر!

Quand le Lapin s'approcha d'elle, Alice prit la parole

عندما اقترب منها الأرنب ، تحدثت أليس

Mais elle parlait d'une voix basse et timide

لكنها تحدثت بصوت منخفض وخجول

« Monsieur, s'il vous plaît, arrêtez ce que vous faites un instant »

"سيدي ، من فضلك توقف عما تفعله للحظة واحدة"

Le Lapin sursauta violemment

أذهل الأرنب بعنف

Il laissa tomber les gants blancs et l'éventail de plumes

أسقط القفازات البيضاء ومروحة الريش

et il s'enfuit dans les ténèbres aussi vite qu'il le put

واندفع بعيدا في الظلام بأسرع ما يمكن

Alice ramassa l'éventail en plumes et les gants

التقطت أليس مروحة الريش والقفازات

Et elle n'arrêtait pas de s'éventer tout en parlant

واستمرت في تهوية نفسها بينما استمرت في الحديث

« Cher, cher ! Comme tout est étrange aujourd'hui !

"عزيزتي ، عزيزي !كم هو غريب كل شيء اليوم!

« Hier, les choses se sont passées comme d'habitude »

"بالأمس سارت الأمور كالمعتاد"

« Étais-je le même quand je me suis levé ce matin ? »

"هل كنت هو نفسه عندما استيقظت هذا الصباح؟"

« Mais si je ne suis pas le même, il y a une autre question »

"ولكن إذا لم أكن هو نفسه ، فهناك سؤال آخر"

« Qui suis-je ? »

"من في العالم أنا؟"

« Ah, c'est le grand casse-tête ! »

!"آه ، هذا هو اللغز العظيم"

En disant cela, elle baissa les yeux sur ses mains

عندما قالت هذا ، نظرت إلى يديها

Elle portait l'un des petits gants blancs du lapin

كانت ترتدي أحد القفازات البيضاء الصغيرة للأرانب

Elle n'avait pas remarqué qu'elle avait mis le gant en parlant

لم تلاحظ أنها ارتدت القفاز أثناء التحدث

« Comment ai-je pu faire cela ? » a-t-elle pensé

"كيف يمكنني أن أفعل ذلك؟ "فكرت

« Je dois redevenir petit »

"يجب أن أكون صغيرا مرة أخرى"

Elle se leva et s'approcha de la table pour mesurer sa taille

نهضت وذهبت إلى الطاولة لقياس طولها

Elle a découvert qu'elle mesurait maintenant environ un demi-mètre

وجدت أنها الآن يبلغ طولها حوالي نصف متر

et elle rétrécissait encore rapidement

وكانت لا تزال تتقلص بسرعة

Elle découvrit rapidement quelle était la cause de ce rétrécissement

سرعان ما اكتشفت سبب الانكماش

L'éventail de plumes la rendait encore plus petite !

كانت مروحة الريش تجعلها أصغر مرة أخرى!

et elle laissa tomber l'éventail de plumes à la hâte

وأسقطت مروحة الريشة على عجل

Elle laissa tomber l'éventail de plumes juste à temps pour se sauver

أسقطت مروحة الريشة في الوقت المناسب لإنقاذ نفسها

Si elle s'était éventée plus longtemps, elle se serait complètement retirée

لو كانت تهوية نفسها بعد الآن لكانت قد تقلصت تماما

« C'était une échappatoire de justesse ! » dit Alice

"كان ذلك هروبا ضيقا "إقالت أليس

et elle fut bien effrayée de ce changement soudain

وكانت خائفة كثيرا من التغيير المفاجئ

mais elle était très heureuse de se trouver encore en existence

لكنها كانت سعيدة جدا لتجد نفسها لا تزال موجودة

« Et maintenant, en route pour le jardin ! »

"والآن ، انطلق إلى الحديقة"!

Et elle courut à toute vitesse vers la petite porte

وركضت بكل سرعة عائدة إلى الباب الصغير

Mais, hélas ! La petite porte fut refermée

لكن ، للأسف إتم إغلاق الباب الصغير مرة أخرى

et la petite clé d'or était de nouveau posée sur la table de verre

وكان المفتاح الذهبي الصغير مستلقيا على الطاولة الزجاجية مرة أخرى

« Les choses sont pires que jamais », pensa le pauvre enfant

"الأمور أسوأ من أي وقت مضى "، فكر الطفل المسكين

« Je n'ai jamais été aussi petit que ça auparavant, jamais ! »

"لم أكن أبدا صغيرا مثل هذا من قبل ، أبدا"!

En prononçant ces mots, son pied glissa

عندما قالت هذه الكلمات ، انزلقت قدمها

et un instant plus tard, il y eut une grande éclaboussure !

وفي لحظة أخرى كان هناك دفقة كبيرة!

Elle était dans l'eau salée jusqu'au menton

كانت تصل إلى ذقنها في الماء المالح

Sa première idée fut qu'elle était tombée d'une manière ou d'une autre dans la mer

كانت فكرتها الأولى هي أنها سقطت بطريقة ما في البحر

Cependant, elle s'est vite rendu compte dans quoi elle se trouvait

ومع ذلك ، سرعان ما أدركت ما كانت فيه

Elle était dans une mare de larmes

كانت في بركة من الدموع

les larmes qu'elle avait versées quand elle avait deux mètres de haut

الدموع التي بكت عندما كان طولها مترين

Juste à ce moment-là, elle entendit quelque chose

عندها فقط سمعت شيئا

Quelque chose barbotait dans la mare

كان هناك شيء يتناثر في المسبح

Les éclaboussures venaient d'un peu de loin

جاء الرش من بعيد قليلا

et elle nagea plus près pour voir ce que c'était que les éclaboussures

وسبحت بالقرب لترى ما هو الرش

Elle vit bientôt que ce n'était qu'une petite souris

سرعان ما رأت أنه كان مجرد فأر صغير

La petite souris s'était également glissée dans l'eau

انزلق الفأر الصغير إلى الماء أيضا

Alice réfléchit à la situation

فكرت أليس في نفسها في الموقف

« Serait-il utile de parler à cette souris ? »

"هل سيكون من المفيد التحدث إلى هذا الفأر؟"

« Tout est tellement à l'envers ici »

"كل شيء مقلوب للغاية هنا"

« Je pense que c'est très probable que cette souris peut

parler »

"يجب أن أعتقد على الأرجح أن هذا الفأر يمكنه التحدث"

« En tout cas, il n'y a pas de mal à essayer »

"على أي حال ، لا ضرر من المحاولة"

Alors elle a commencé à essayer de parler à la souris

لذلك بدأت تحاول التحدث إلى الفأر

« Oh Souris, sais-tu comment sortir de cette mare ? »

"يا فأر ، هل تعرف طريقة الخروج من هذا البركة؟"

« Je suis bien fatigué de nager ici, ô souris ! »

"لقد سئمت جدا من السباحة هنا ، يا فأر"!

La souris la regarda d'un air assez inquisiteur

نظر إليها الفأر بفضول إلى حد ما

La souris semblait cligner de l'œil avec l'un de ses petits
yeux

بدا أن الفأر يغمز بإحدى عينيه الصغيرتين

Mais la petite souris ne dit rien

لكن الفأر الصغير لم يقل شيئا

« Peut-être la souris ne comprend-elle pas l'anglais », pensa
Alice

"ربما الفأر لا يفهم اللغة الإنجليزية "، فكرت أليس

« J'ose dis-le que c'est une souris française »

"أجرؤ على القول إنه فأر فرنسي"

« peut-être que cette souris est venue avec Guillaume le
Conquérant »

"ربما جاء هذا الفأر مع ويليام الفاتح"

Alors elle a recommencé, en français

لذلك بدأت مرة أخرى باللغة الفرنسية

« Où est mon chat ? » a-t-elle demandé en français

"أين قطتي؟ "سألت بالفرنسية

c'était la première phrase de son livre de leçons de français

كانت الجملة الأولى في كتاب دروس اللغة الفرنسية

La souris fit un saut soudain hors de l'eau

قفز الفأر فجأة من الماء

et la souris semblait frémir de frayeur

وبدا أن الفأر يرتجف في كل مكان من الخوف

— Oh ! je vous demande pardon ! s'écria vivement Alice

"أوه ، أطلب العفو "إصرخت أليس على عجل

Elle craignait d'avoir blessé les sentiments du pauvre animal

كانت خائفة من أنها قد جرحت مشاعر المسكين

« J'oubliais que tu n'aimais pas les chats »

"لقد نسيت تماما أنك لا تحب القطط"

« Je n'aime pas les chats ! » cria la Souris d'une voix aiguë et passionnée

"أنا لا أحب القطط "إصرخ الفأر بصوت حاد وعاطفي

« Voudrais-tu des chats, si tu étais moi ? »

"هل تريد القطط ، إذا كنت أنا؟"

Alice réconforta la souris d'un ton apaisant

أراحت أليس الماوس بنبرة مهدئة

« Eh bien, peut-être que je n'aimerais pas non plus les chats si j'étais vous »

"حسنا ، ربما لا أحب القطط إذا كنت مكانك أيضا"

« S'il vous plaît, ne soyez pas en colère à propos de la mention des chats »

"من فضلك لا تغضب من ذكر القطط"

« Et pourtant, j'aimerais pouvoir te montrer notre chat Dinah »

"ومع ذلك أتمنى أن أريك قطتنا دينا"

« Si vous la rencontriez, je pense que vous prendriez goût aux chats »

"إذا قابلتها ، أعتقد أنك ستتخيل القطط"

« Si seulement vous pouviez la voir »

"إذا كان بإمكانك رؤيتها فقط"

« Elle est une chose si chère et si calme »

"إنها شيء عزيز وهادئ"

La souris tremblait de partout

كان الفأر يرتجف في كل مكان

Alice était certaine que la souris devait être vraiment offensée

شعرت أليس بالتأكد من أن الفأر يجب أن يشعر بالإهانة حقا

« On ne parlera plus d'elle, si tu préfères ne pas le faire »

"لن نتحدث عنها بعد الآن ، إذا كنت تفضل عدم ذلك"

« Nous, en effet ! » s'écria la Souris

"نحن ، حقا "إصرخ الفأر

La souris tremblait jusqu'au bout de sa queue

كان الفأر يرتجف حتى نهاية ذيله

« Comme si je voulais parler d'un tel sujet ! »

"كما لو كنت سأتحدث عن مثل هذا الموضوع"!

« Notre famille a toujours détesté les chats »

"عائلتنا تكره القطط دائما"

"Les chats ; des choses méchantes, basses, vulgaires !

"القطط . أشياء سيئة ، منخفضة ، مبتذلة!

« Ne me laissez plus entendre le nom ! »

"لا تدعني أسمع الاسم مرة أخرى"!

— Je ne parlerai plus des chats, en effet, dit Alice

"لن أذكر القطط مرة أخرى بالفعل "قالت أليس!

Elle était très pressée de changer de sujet

كانت في عجلة من أمرها لتغيير الموضوع

"Êtes-vous... Aimez-vous les chiens ?

"هل أنت ... هل أنت مغرم بالكلاب؟

« Il y a un petit chien si gentil près de notre maison, »

"هناك مثل هذا الصغير اللطيف بالقرب من منزلنا ،"

« Je voudrais te montrer le petit chien ! »

"أود أن أريك الصغير"!

"Ce petit chien tue tous les rats et...

"هذا الصغير يقتل كل الفئران و..."

« Oh ! mon Dieu ! » s'écria Alice d'un ton triste

"أوه ، عزيزي "إصرخت أليس بنبرة حزينة

« J'ai peur de t'avoir encore offensé ! »

"أخشى أنني أساءت إليك مرة أخرى"!

La souris nageait loin d'elle aussi vite qu'elle le pouvait

كان الفأر يسبح بعيدا عنها بأسرع ما يمكن أن يذهب

et la souris fit tout un vacarme dans la mare

وأثار الفأر ضجة كبيرة في المسبح

Alors elle appela doucement la souris

لذلك اتصلت بهدوء بعد الفأر

« Ma chère souris, s'il vous plaît, revenez ! »

"عزيزي الفأر ، من فضلك عد"!

« Et nous ne parlerons pas des chats »

"ولن نتحدث عن القطط"

« Et nous n'avons pas non plus besoin de parler des chiens »

"وليس علينا التحدث عن أيضا"

Quand la souris entendit cela, elle se retourna

عندما سمع الفأر هذا ، استدار

et la petite souris nagea lentement vers elle

وسبح الفأر الصغير ببطء عائدا إليها

Le visage de la souris était assez pâle

كان وجه الفأر شاحبا جدا

et la souris parla d'une voix basse et tremblante

وتحدث الفأر بصوت منخفض يرتجف

« Allons à la rive »

"دعونا نصل إلى الشاطئ"

« et ensuite je vous raconterai mon histoire »

"وبعد ذلك سأخبرك بتاريخي"

« et vous comprendrez pourquoi c'est moi qui déteste les chats et les chiens »

"وستفهم لماذا أكره القطط"

Il était grand temps de partir

لقد حان الوقت للذهاب

parce que la piscine devenait assez bondée

لأن المسبح كان مزدحما للغاية

D'autres oiseaux et animaux étaient tombés dans la mare

سقطت طيور أخرى في البركة

il y avait un Canard et un Dodo

كان هناك بطة ودودو

et il y avait un oiseau Lory et un aiglon

وكان هناك طائر لوري ونسر

et il y avait plusieurs autres créatures intéressantes

وكان هناك العديد من المخلوقات الأخرى ذات المظهر المثير للاهتمام

Alice a ouvert la voie à la sortie de la piscine

قادت أليس الطريق للخروج من المسبح

et toute la troupe des animaux nagea jusqu'au rivage

وسبحت مجموعة بأكملها إلى الشاطئ

Une course de caucus et une longue traîne
سباق حزبي وذيل طويل

C'était en effet une bande d'animaux à l'allure amusante

لقد كانوا بالفعل مجموعة من ذات المظهر المضحك

et ils se rassemblèrent tous sur le bord de l'eau

وتجمعوا جميعا على ضفة المياه

Les oiseaux avaient tous des plumes débraillées

كانت جميع الطيور لديها ريش ممزق

et les animaux à fourrure étaient trempés

وغارقة ذات الفراء

et tous étaient trempés, agacés et mal à l'aise

وكان الجميع يقطر مبللة ومنزعجة وغير مريحة

Il y avait une question à laquelle il fallait répondre en premier

كان هناك سؤال واحد يجب الإجابة عليه أولا

Quelle est la meilleure façon pour tout le monde de se sécher ?

ما هي أفضل طريقة للجميع للجفاف؟

Ils ont tenu une consultation à ce sujet

لقد أجروا مشاورات حول هذا الأمر

Bientôt, ils furent tous en bons termes

سرعان ما أصبحوا جميعا على شروط مألوفة

C'était comme si elle les avait connus toute sa vie

كان الأمر كما لو كانت تعرفهم طوال حياتها

La souris semblait être une personne d'une certaine autorité

بدا الفأر وكأنه شخص يتمتع ببعض السلطة

« Asseyez-vous, vous tous, et écoutez-moi !

"اجلس ، جميعكم ، واستمعوا إليّ!

« Je vais bientôt vous faire sécher à nouveau ! »

"سأجعلكم جميعا تجففون قريبا مرة أخرى"!

Ils s'assirent tous en même temps, dans un grand cercle

جلسوا جميعا في وقت واحد ، في حلقة كبيرة

et la petite souris s'assit au milieu

وجلس الفأر الصغير في المنتصف

« Hum ! » dit la souris d'un air important

"مهم "إقال الفأر بهواء مهم

« Êtes-vous tous prêts ? »

"هل أنتم مستعدون تماما؟"

« C'est la chose la plus sèche que je connaisse »

"هذا هو أكثر الأشياء جفافا التي أعرفها"

« Silence tout autour, s'il vous plaît ! »

"الصمت في كل مكان ، إذا سمحت"!

« Guillaume le Conquérant était favorisé par le pape »

"كان وليام الفاتح مفضلا من قبل البابا"

« mais il fut bientôt soumis par les Anglais »

"لكنه سرعان ما خضع له الإنجليز"

« Ils voulaient des leaders ces derniers temps »

"لقد أرادوا قادة في الآونة الأخيرة"

« et ils avaient été habitués au pouvoir et à la conquête »

"وقد اعتادوا على السلطة والغزو"

« Edwin et Morcar, les comtes de Mercie et de
Northumbrie »

"إدوين ومور كار ، إيرل ميرسيا ونورثمبريا"

« Pouah ! » dit l'oiseau lori, avec un frisson

"قرف "إقال طائر لوري برعشة

« et même Stigand, l'archevêque patriote de Cantorbéry »

"وحتى ستيجاند ، رئيس أساقفة كانتربري الوطني"

« Il l'a également trouvé opportun »

"وجد ذلك مستصوبا أيضا"

« Qu'a-t-il trouvé à propos ? » dit le canard

"ما الذي وجد أنه مستحسن؟ "قالت البطة

— Il l'a trouvé opportun, répondit la souris d'un ton un peu contrarié

"لقد وجد أنه من المستحسن ذلك "أجاب الفأر بغضب إلى حد ما

Mais le canard n'était pas satisfait

لكن البطة لم تكن راضية

« Bien sûr, vous savez ce que 'it' signifie »

"بالطبع ، أنت تعرف ما تعنيه "إنها""

« Je sais ce que c'est quand je trouve quelque chose », dit le canard

قالت البطة" :أعرف ما هو "عندما أجد شيئا ما

« C'est généralement une grenouille ou un ver »

"إنه بشكل عام ضفدع أو دودة"

« La question est de savoir ce que l'archevêque a trouvé ?

"السؤال هو ، ماذا وجد رئيس الأساقفة؟"

La souris n'a pas remarqué cette question

لم يلاحظ الفأر هذا السؤال

Au lieu de cela, la souris continua précipitamment son discours

بدلا من ذلك ، واصل الفأر على عجل الخطاب

« il a jugé opportun d'aller avec Edgar Atheling »

"وجد أنه من المستحسن الذهاب مع إدغار أثيلينج"

« pour rencontrer Guillaume et lui offrir la couronne »

"لمقابلة ويليام وتقديم التاج له"

la souris continua, se tournant vers Alice pendant qu'elle parlait

واصل الفأر ، متفت إلى أليس وهو يتحدث

« Comment allez-vous maintenant, ma chère ? »

"كيف حالك الآن يا عزيزي؟"

– Aussi mouillée que jamais, dit Alice d'un ton mélancolique

"مبللة أكثر من أي وقت مضى "، قالت أليس بنبرة حزينة

« Cette histoire n'a pas l'air de me tarir du tout »

"لا يبدو أن هذه القصة تجففني على الإطلاق"

— Dans ce cas, dit solennellement le dodo en se levant

"في هذه الحالة "، قال الدودو رسميا ، وهو يقف على قدميه

« Je vote pour l'ajournement de la séance »

"أصوت على تأجيل الجلسة"

« et je propose l'adoption immédiate de remèdes plus énergiques »

"وأقترح الاعتماد الفوري لعلاجات أكثر نشاطا"

« Dis des paroles vraies ! » dit l'aiglon

"تحدث بكلمات حقيقية "!قال النسر

« Je ne connais pas le sens de la moitié de ces longs mots »

"لا أعرف معنى نصف تلك الكلمات الطويلة"

et, qui plus est, je ne crois pas que vous le sachiez non plus !

"والأكثر من ذلك ، لا أعتقد أنك تعرف أيضا"!

— Ce que j'allais dire, dit le dodo d'un ton offensé

"ما كنت سأقوله "، قال طائر الدودو بنبرة مستاءة

« La meilleure chose à faire pour nous sécher serait une course au caucus »

"أفضل شيء لجعلنا يجففون هو سباق المؤتمر"

« Qu'est-ce qu'une course de caucus ? » demanda Alice

"ما هو سباق المؤتمرات الحزبية؟ "قالت أليس

« Eh bien, » dit le dodo, « la meilleure façon de l'expliquer, c'est de le faire »

قال طائر الدودو" :حسنا ، أفضل طريقة لشرح ذلك هي القيام بذلك"

« D'abord, le dodo a tracé un parcours »

"أولا ، حدد طائر الدودو مضمار سباق"

« La piste était dans une sorte de cercle »

"كان المسار في نوع من الدائرة"

« Et puis tout le groupe a été placé le long du parcours »

"ثم تم وضع كل الحفلة على طول المسار"

Il n'y avait pas de « Un, deux, trois et c'est parti ! »

لم يكن هناك" واحد ، اثنان ، ثلاثة وبعيدا"!

Mais ils ont commencé à courir quand ils voulaient

لكنهم بدأوا في الركض عندما يحبون

et ils finissaient aussi quand ils le voulaient

وانتهوا أيضا عندما أحلو لهم

Il n'était donc pas facile de savoir quand la course était terminée

لذلك لم يكن من السهل معرفة متى انتهى السباق

Après environ une demi-heure de course, ils étaient tous assez secs

بعد نصف ساعة أو نحو ذلك من الجري ، كانوا جميعا جافين تماما

le dodo s'écria soudain : « La course est finie ! »

صرخ طائر الدودو فجأة ،" انتهى السباق"!

Et ils se pressèrent tous autour du Dodo

واحتشدوا جميعا حول طائر الدودو

Tous les animaux haletaient et soufflaient

كانت جميع تلهث وتنتفخ

et tous voulaient savoir : « Mais qui a gagné ? »

وأرادوا جميعا أن يعرفوا ،" لكن من فاز؟"

Le dodo ne pouvait pas répondre immédiatement à cette question

لم يستطع طائر الدودو الإجابة على هذا السؤال على الفور

D'abord, il a dû beaucoup réfléchir

أولا كان عليه أن يفكر كثيرا

Après mûre réflexion, le dodo finit par parler

بعد الكثير من التفكير ، تحدث طائر الدودو أخيرا

« Tout le monde a gagné, et tous doivent avoir des prix »

"لقد فاز الجميع ، ويجب أن يحصل الجميع على جوائز"

« Mais qui doit donner les prix ? » demanda un chœur de
voix

"لكن من سيعطي الجوائز؟ "سألت جوقة من الأصوات

— Eh bien, elle, bien sûr, dit le dodo

"حسنا ، هي ، بالطبع "، قال طائر الدودو

et le dodo pointa d'un doigt vers Alice

وأشار طائر الدودو بإصبع واحد إلى أليس

et toute la troupe des animaux se pressait autour d'elle

ومجموعة بأكملها مزدحمة حولها

ils ont crié, d'une manière confuse : « Des prix ! Des prix !

نادوا بطريقة مرتبكة ،" الجوائز !الجوائز"!

Alice n'avait aucune idée de ce qu'elle devait faire

لم يكن لدى أليس أي فكرة عما يجب القيام به

Désespérée, elle mit la main dans sa poche

في حالة من اليأس وضعت يدها في جيبها

Et elle en sortit une boîte de bonbons

وسحبت علبة حلويات

Heureusement, l'eau salée n'était pas entrée dans la boîte

لحسن الحظ ، لم تدخل المياه المالحة في الصندوق

et elle a distribué les bonbons comme prix

وسلمت الحلويات كجوائز

Il y avait exactement une pièce pour tout le monde

كان هناك قطعة واحدة بالضبط للجميع

La prochaine chose qu'ils devaient faire était de manger les
bonbons

الشيء التالي الذي كان عليهم فعله هو تناول الحلويات

Cela a causé du bruit et de la confusion

تسبب هذا في بعض الضوضاء والارتباك

Les grands oiseaux se plaignaient de ne pas pouvoir goûter
leurs bonbons

اشتكت الطيور الكبيرة من أنها لا تستطيع تذوق حلوياتها

Les petits s'étouffaient et devaient être tapotés dans le dos

اختنق الصغار وكان لا بد من التربيت على ظهورهم

Cependant, c'était enfin fini

ومع ذلك ، انتهى الأمر أخيرا

Et ils se rassirent en cercle

وجلسوا مرة أخرى في حلقة

et ils supplièrent la souris de leur dire quelque chose de plus

وتوسلوا إلى الفأر أن يخبرهم بشيء أكثر

— Vous m'avez promis de me raconter votre histoire, vous savez, dit Alice

قالت أليس" لقد وعدت أن تخبرني بتاريخك ، كما تعلم"

et elle fit une autre petite remarque sur les chats à voix basse

وأدلت بملاحظة صغيرة أخرى عن القطط في همس

Elle ne voulait pas offenser à nouveau la souris

لم تكن تريد الإساءة إلى الفأر مرة أخرى

la petite souris se tourna vers Alice et soupira

التفت الفأر الصغير إلى أليس وتنهد

« Ma conte est long et triste ! »

"حكايتي طويلة وحزينة"!

— C'est une longue queue, certainement, dit Alice

قالت أليس" إنه ذيل طويل بالتأكيد"

et elle baissa les yeux avec étonnement sur la queue de la souris

ونظرت إلى الأسفل بدهشة إلى ذيل الفأر

« Mais pourquoi appelez-vous cela une queue triste ? »

"لكن لماذا تسميها ذيلا حزينا؟"

Et elle n'arrêtait pas de s'interroger à ce sujet pendant que la souris parlait

واستمرت في الحيرة حيال ذلك بينما كان الفأر يتحدث

de sorte que son idée de l'histoire était quelque chose comme ceci

بحيث كانت فكرتها عن الحكاية شيئا من هذا القبيل

"Fury said to
a mouse, That
he met in the
house, 'Let
us both go
to law: *I*
will prosecute
you.—
Come, I'll
take no denial:
We must have
the trial;
For really
this morning
I've
nothing
to do.'
Said the
mouse to
the cur,
'Such a
trial, dear
sir, With
no jury
or judge,
would
be wasting
our
breath.'
'I'll be
judge,
I'll be
jury,'
said
cunning
old
Fury;
'I'll
try
the
whole
cause,
and
condemn
you to
death.'"

Fury dit à une souris : Qu'il s'est rencontré dans la maison.

قال الغضب للفأر ، إنه التقى في المنزل"

Allons tous les deux en justice, je vous poursuivrai

دعونا نذهب إلى القانون :سأحاكمك

Allons, je n'accepterai aucun démenti : il faut que nous fassions l'épreuve

تعال ، لن أقبل أي إنكار :يجب أن نحصل على المحاكمة

Car vraiment ce matin je n'ai rien à faire

حقا هذا الصباح ليس لدي ما أفعله

Dit la souris au maudit ;

قال الفأر للكير.

Un tel procès, cher monsieur, sans jury ni juge, nous ferait
perdre notre souffle

مثل هذه المحاكمة ، سيدي العزيز ، بدون هيئة محلفين أو قاض ، ستضيع
أنفاسنا

« Je serai juge, je serai jury », dit le vieux rusé Fury

"سأكون قاضيا ، سأكون هيئة محلفين "، قال فيوري العجوز الماكر

Je vais juger toute la cause, et je vous condamnerai à mort

سأجرب القضية برمتها ، وأحكم عليك بالموت

la souris parla sévèrement à Alice

تحدث الفأر بشدة إلى أليس

« Tu ne fais pas attention ! »

"أنت لا تنتبه"!

« À quoi pensez-vous ? »

"ما الذي تفكر فيه؟"

— Je vous demande pardon, dit Alice très humblement

"أطلب العفو "، قالت أليس بتواضع شديد

« Tu étais arrivé au cinquième virage, je crois ? »

"لقد وصلت إلى المنعطف الخامس ، على ما أعتقد؟"

« Vous m'insultez en disant de telles bêtises ! »

"أنت تهينني بالكلام بمثل هذا الهراء"!

Et la souris se leva et s'éloigna

ونهض الفأر وابتعد

Alice appela la petite souris

اتصلت أليس بالفأر الصغير

« S'il vous plaît, revenez et terminez votre histoire ! »

"من فضلك عد وقم بإنهاء قصتك"!

Et les autres se joignirent tous en chœur

وانضم الآخرون جميعا في الجوقة

« Oui, s'il vous plaît, terminez votre histoire ! »

"نعم ، من فضلك قم بإنهاء قصتك"!

Mais la souris se contenta de secouer la tête avec impatience

لكن الفأر هز رأسه بفارغ الصبر فقط

et la petite souris marchait un peu plus vite

ومشى الفأر الصغير أسرع قليلا

« Je voudrais bien avoir Dinah, notre chat, ici ! » dit Alice

"أتمنى لو كان لدي دينا ، قطتنا ، هنا "إقالت أليس

Cela provoqua une sensation remarquable parmi le parti

تسبب هذا في ضجة كبيرة بين الحزب

Quelques-uns des oiseaux se hâtèrent de s'éloigner

سارعت بعض الطيور في الحال

et un canari appela d'une voix tremblante ses enfants ;

ونادى الكناري بصوت مرتجف لأطفاله.

« Allez-vous-en, mes chères ! »

"تعال بعيدا يا أعزائي"!

« Il est grand temps que vous soyez tous au lit ! »

"لقد حان الوقت لتكون جميعا في السرير"!

Avec diverses excuses, ils sont tous partis

بأعذار مختلفة ذهبوا جميعا بعيدا

et Alice se retrouva bientôt seule

وسرعان ما تركت أليس بمفردها

« J'aurais aimé ne pas avoir mentionné Dinah ! »

"أتمنى لو لم أذكر دينا"!

« Personne n'a l'air de l'aimer ici »

"لا يبدو أن أحدا يحبها هنا"

« Mais je suis sûr que c'est la meilleure chatte du monde ! »

"لكنني متأكد من أنها أفضل قطة في العالم"!

La pauvre Alice se remit à pleurer

بدأت أليس المسكينة في البكاء مرة أخرى

parce qu'elle se sentait très seule et déprimée

لأنها شعرت بالوحدة الشديدة والروح المنخفضة

Au bout de peu de temps, cependant, elle entendit de nouveau quelque chose

ومع ذلك ، في فترة وجيزة ، سمعت شيئا مرة أخرى

un petit bruit de pas au loin

القليل من خطى الخطى في المسافة

et elle leva les yeux avec impatience

ونظرت بفارغ الصبر

Le lapin envoie le petit M. Bill
الأرنب يرسل السيد بيل الصغير

C'était le lapin blanc, qui revenait lentement au trot

كان الأرنب الأبيض ، يهرول ببطء مرة أخرى

Il regardait anxieusement autour de lui en chemin

كان ينظر بقلق وهو يذهب

Il avait l'air d'avoir perdu quelque chose

بدا كما لو أنه فقد شيئا ما

Alice l'entendit marmonner pour lui-même

سمعته أليس يتمتم لنفسه

— La duchesse ! La Duchesse ! Oh, mes chères pattes !

"الدوقة !الدوقة !أوه ، كفوفي العزيزة!

« Oh, ma fourrure et mes moustaches ! »

"أوه ، فروي وشعيراتي"!

« Elle va me faire exécuter, j'en suis sûr »

"ستعدني ، أنا متأكد من ذلك"

« Aussi sûr que les furets sont des furets ! »

"تماما مثل القوارض هي قوارض"!

« Où ai-je pu laisser tomber mes affaires, je me demande ? »

"أين يمكنني أن أسقط أغراضي ، أتساءل؟"

Alice devina en un instant ce qu'il cherchait

خمنت أليس في لحظة ما كان يبحث عنه

Il cherchait l'éventail de plumes

كان يبحث عن مروحة الريشة

et il cherchait la paire de gants blancs

وكان يبحث عن زوج من القفازات البيضاء

Elle se mit donc très gentiment à chercher les gants

لذلك بدأت بلطف شديد في البحث عن القفازات

Et elle chercha aussi l'éventail de plumes

وبحثت عن مروحة الريشة أيضا

Mais les gants et l'éventail de plumes étaient introuvables

لكن القفازات ومروحة الريش لم تكن مرئية في أي مكان

Tout semblait avoir changé depuis sa baignade dans la piscine

يبدو أن كل شيء قد تغير منذ أن سبحت في المسبح

Rien n'était pareil depuis qu'elle était dans la grande salle

لم يكن هناك شيء كما هو منذ أن كانت في القاعة الكبرى

et la table de verre avait disparu

واختفت الطاولة الزجاجية

Et la petite porte n'était pas là non plus

ولم يكن الباب الصغير موجودا أيضا

Très vite, le lapin remarqua Alice

سرعان ما لاحظ الأرنب أليس

Il l'appela d'un ton furieux

ناداها بنبرة غاضبة

« Mary Ann, que fais-tu ici ? »

"ماري آن ، ماذا تفعل هنا؟"

« Rentre chez toi à l'instant même »

"اركض إلى المنزل هذه اللحظة"

« Et apporte-moi une paire de gants et un éventail de plumes ! »

"وأحضر لي زوجا من القفازات ومروحة ريش"!

« Et faites vite ! »

"وكن سريعا في ذلك"!

Alice se parlait à elle-même en s'enfuyant

تحدثت أليس إلى نفسها وهي تهرب

— Il a dû me prendre pour sa femme de chambre !

"لا بد أنه أخطأ في أنني خادمة منزله"!

« Comme il sera surpris quand il découvrira qui je suis ! »

"كم سيكون مندهشا عندما يكتشف من أنا"!

En disant cela, elle tomba sur une petite maison soignée

عندما قالت هذا ، صادفت منزلا صغيرا أنيقا

Sur la porte de la maison se trouvait une plaque de laiton brillant

على باب المنزل كان هناك صفيحة نحاسية لامعة

« W. LAPIN »

"دبليو أرنب"

Elle entra sans frapper à la porte

دخلت دون أن تطرق الباب

et elle se hâta de monter l'escalier

وسارعت مباشرة إلى الطابق العلوي

elle craignait de rencontrer la vraie Mary Ann

كانت قلقة من أنها قد تلتقي بماري آن الحقيقية

parce qu'alors elle serait chassée de la maison

لأنه بعد ذلك سيتم إخراجها من المنزل

et elle ne pourrait pas trouver l'éventail de plumes et les gants

ولن تتمكن من العثور على مروحة الريش والقفازات

Alice s'était frayé un chemin dans une petite pièce bien rangée

وجدت أليس طريقها إلى غرفة صغيرة مرتبة

Dans la pièce, il y avait une table près de la fenêtre

في الغرفة كانت هناك طاولة بجانب النافذة

et sur la table, il y avait un éventail de plumes

وعلى الطاولة كان هناك مروحة من الريش

et il y avait deux ou trois paires de petits gants blancs

وكان هناك زوجان أو ثلاثة أزواج من القفازات البيضاء الصغيرة

Elle ramassa l'éventail en plumes et une paire de gants

التقطت مروحة الريش وزوج من القفازات

et elle allait quitter la pièce

وكانت على وشك مغادرة الغرفة

mais alors ses yeux tombèrent sur une petite bouteille

ولكن بعد ذلك سقطت عيناها على زجاجة صغيرة

Elle déboucha la bouteille et la porta à ses lèvres

فكت الزجاجة ووضعتها على شفتيها

« J'espère que cela me fera redevenir grand »

"آمل أن يجعلني أنمو بشكل كبير مرة أخرى"

« J'en ai marre d'être une toute petite chose ! »

"لقد سئمت من أن أكون شيئا صغيرا"!

Alice avait à peine bu la moitié de la bouteille

بالكاد شربت أليس نصف الزجاجة

Sa tête était déjà appuyée contre le plafond

كان رأسها يضغط بالفعل على السقف

et elle dut se baisser

وكان عليها أن تنحني

pour sauver son cou d'être brisé

لإنقاذ رقبتها من الكسر

Elle posa précipitamment la bouteille

وضعت الزجاجة على عجل

« C'est bien assez »

"هذا يكفي تماما"

« J'espère que je ne grandirai plus »

"آمل ألا أنمو بعد الآن"

Hélas! Il était trop tard pour souhaiter cela !

واحسرتاه !لقد فات الأوان لأتمنى ذلك!

Elle n'a cessé de grandir

استمرت في النمو والنمو

et très vite elle dut s'agenouiller sur le sol

وسرعان ما اضطرت إلى الركوع على الأرض

Et même alors, elle a continué à grandir

وحتى ذلك الحين استمرت في النمو

Comme dernière ressource, elle passa un bras par la fenêtre

كمورد أخير ، وضعت ذراعا واحدة من النافذة

et elle mit un pied dans la cheminée

ووضعت قدما واحدة فوق المدخنة

« Maintenant, je ne peux plus faire, quoi qu'il arrive »

"الآن لا يمكنني فعل المزيد، مهما حدث"

« Que vais-je devenir ? »

"ماذا سيحدث لي؟"

Alice a eu un peu de chance

كان لدى أليس بقعة حظ

La petite bouteille magique avait fait son plein effet

كان للزجاجة السحرية الصغيرة تأثيرها الكامل

et Alice ne grandit pas plus qu'elle n'était

ولم تنمو أليس أكبر مما كانت عليه

Au bout de quelques minutes, elle entendit une voix à l'extérieur

بعد بضع دقائق سمعت صوتا في الخارج

et elle s'arrêta pour écouter la voix

وتوقفت للاستماع إلى الصوت

« Mary Ann ! Mary Ann ! dit la voix

"ماري آن !ماري آن "!قال الصوت

« Apporte-moi mes gants tout de suite ! »

"أحضر لي قفازاتي هذه اللحظة"!

Puis vint un petit claquement de pieds dans l'escalier

ثم جاء القليل من الأقدام على الدرج

Alice savait que c'était le lapin qui venait la chercher

عرفت أليس أن الأرنب قادم للبحث عنها

et elle trembla jusqu'à faire trembler la maison

وارتجفت حتى هزت المنزل

elle oublia tout à fait quelles étaient ses proportions

لقد نسيت تماما ما هي نسبها

Elle était mille fois plus grosse que le lapin

كانت أكبر بألف مرة من الأرنب

et elle n'avait aucune raison d'avoir peur d'un lapin

ولم يكن لديها سبب للخوف من الأرنب

Bientôt le lapin s'approcha de la porte

في الوقت الحاضر صعد الأرنب إلى الباب

et le petit lapin essaya d'ouvrir la porte

وحاول الأرنب الصغير فتح الباب

La porte a commencé à s'ouvrir vers l'intérieur

بدأ الباب يفتح إلى الداخل

mais le coude d'Alice était fortement appuyé contre la porte

لكن مرفق أليس تم الضغط عليه بقوة على الباب

Cette tentative s'est avérée un échec

أثبتت هذه المحاولة فشلها

Alice entendit le lapin se parler à lui-même

سمعت أليس الأرنب يتحدث إلى نفسه

« Ensuite, je vais faire le tour et entrer par la fenêtre »

"ثم سأتجول وأدخل من النافذة"

« Que tu ne le feras pas ! » pensa Alice

"لن تفعل" إفكرت أليس

Et elle attendit encore un peu

وانتظرت قليلا مرة أخرى

Bientôt, elle entendit le lapin juste sous la fenêtre

سرعان ما سمعت الأرنب تحت النافذة مباشرة

Elle étendit soudain la main

فجأة مدت يدها

et elle fit une prise en l'air

وقامت بخطف في الهواء

Elle n'a rien attrapé

لم تحصل على أي شيء

mais elle entendit un petit cri et une chute

لكنها سمعت صراخا صغيرا وسقوطا

et elle entendit un fracas de verre brisé

وسمعت تحطم الزجاج المكسور

Peut-être le lapin était-il tombé

ربما سقط الأرنب

Peut-être était-il dans une serre

ربما كان في دفيئة

Puis vint une voix en colère ; La voix du lapin

بعد ذلك جاء صوت غاضب .صوت الأرنب

« Pat, où es-tu ? »

"بات ، أين أنت؟"

Et puis vint une voix qu'elle n'avait jamais entendue auparavant

ثم جاء صوت لم تسمعه من قبل

« Votre honneur, je suis là ! »

"شرفك ، أنا هنا"!

« Je creuse pour trouver des pommes »

"أنا أحفر بحثا عن التفاح"

« Ici ! Venez m'aider à m'en sortir !

"هنا إتعال وساعدني على الخروج من هذا!

« Maintenant, dis-moi, Pat, qu'est-ce qu'il y a dans la fenêtre ? »

"الآن قل لي يا بات ، ما هذا في النافذة؟"

« Bien sûr, Votre Honneur, je vais vous le dire »

"بالتأكيد ، حضرتك ، سأخبرك"

« C'est un bras qui est dans la fenêtre ! »

"إنها ذراع في النافذة"!

« Eh bien, un bras n'a rien à faire là-bas »

"حسنا ، الذراع ليس لها عمل هناك"

« Va et enlève le bras ! »

"اذهب وخذ الذراع بعيدا"!

Il y eut un long silence après cela

ساد صمت طويل بعد ذلك

et Alice n'entendait que des chuchotements de temps en temps

ولم تستطع أليس سماع الهمسات إلا بين الحين والآخر

et enfin elle étendit de nouveau la main

وأخيرا مدت يدها مرة أخرى

et elle fit une autre arrachée dans les airs

وقامت بانتزاع آخر في الهواء

Cette fois, il y eut deux petits cris

هذه المرة كان هناك صرختان صغيرتان

et il y avait d'autres bruits de verre brisé

وكان هناك المزيد من أصوات الزجاج المكسور

« Je me demande ce qu'ils vont faire ensuite ! » pensa Alice

"أتساءل ماذا سيفعلون بعد ذلك "إفكرت أليس

« J'aimerais qu'ils me tirent par la fenêtre »

"أتمنى أن يسحبوني من النافذة"

Elle attendit un certain temps

انتظرت لبعض الوقت

Mais pendant un moment, elle n'entendit plus rien

لكن لفترة من الوقت لم تسمع أي شيء آخر

Enfin, il y eut un grondement de petites roues

أخيرا جاء قعقعة من العجلات الصغيرة

et il y eut le son d'un bon nombre de voix

وجاء صوت أصوات كثيرة

Toutes les voix parlaient ensemble

كانت كل الأصوات تتحدث معا

Elle pouvait distinguer certaines des paroles

يمكنها أن تصنع بعض الكلمات

« Où est l'autre échelle ? »

"أين السلم الآخر؟"

« Bill a l'autre échelle »

"بيل لديه السلم الآخر"

« Bill, viens ici ! »

"بيل ، تعال إلى هنا"!

« Le toit va-t-il supporter le fardeau ? »

"هل سيتحمل السقف العبء؟"

« Qui veut descendre par la cheminée ? »

"من يريد أن ينزل المدخنة؟"

— Non, je ne le ferai pas ! Vous le faites !

"لا ، لن أفعل إأنت تفعل ذلك"!

« Tiens, Bill ! »

"هنا يا بيل"!

« Le maître dit qu'il faut descendre par la cheminée ! »

"يقول السيد إنه يجب عليك النزول من المدخنة"!

Alice descendit son pied aussi loin qu'elle le put dans la cheminée

سحبت أليس قدمها إلى أسفل المدخنة قدر استطاعتها

Et puis elle attendit de voir ce qui allait arriver

ثم انتظرت لترى ما سيحدث

Elle entendit un petit animal gratter et se débattre

سمعت صغيرا يخدش ويتدافع

Le petit animal doit être dans la cheminée

يجب أن يكون الصغير في المدخنة

Puis elle donna un coup de pied sec

ثم أطلقت ركلة حادة واحدة

et elle attendit de voir ce qui allait se passer ensuite

وانتظرت لترى ما سيحدث بعد ذلك

Elle entendit un chœur général de voix

سمعت جوقة عامة من الأصوات

« Voilà Bill ! » dirent-ils tous

"ها هو بيل "إقالوا جميعا

Puis elle entendit la voix du lapin seule

ثم سمعت صوت الأرنب وحده

« Toi par la haie, attrape-le ! »

"أنت بجانب السياج ، أمسك به"!

Il y eut un autre moment de silence

كانت هناك لحظة صمت أخرى

Et puis il y eut une autre confusion de voix

ثم كان هناك ارتباك آخر في الأصوات

« Lève la tête, Brandy »

"ارفع رأسه يا براندي"

« Attention à ne pas l'étouffer »

"احرص على عدم خنقه"

« Qu'est-ce qui t'est arrivé ? »

"ماذا حدث لك؟"

Enfin, une petite voix faible et grinçante est apparue

جاء آخر صوت ضعيف قليلا وصرير

« Eh bien, je n'en sais presque pas plus »

"حسنا ، بالكاد لا أعرف المزيد"

« merci à tous, je vais mieux maintenant »

"شكرا لكم جميعا ، أنا أفضل الآن"

« il y a une chose dont je peux me souvenir »

"هناك شيء واحد يمكنني تذكره"

« Quelque chose vient à moi comme un train dans un tunnel »

"شيء ما يأتي إلي مثل قطار في نفق"

« Et je vole comme une fusée ! »

"وأنا أطير مثل صاروخ السماء"!

Il y eut une minute ou deux de silence

سادت دقيقة أو دقيقتين من الصمت

puis ils ont recommencé à se déplacer

ثم بدأوا في التحرك مرة أخرى

et Alice entendit de nouveau le Lapin parler

وسمعت أليس الأرنب يتحدث مرة أخرى

« Une brouette fera l'affaire, pour commencer »

"العربة سوف تفعل ، في البداية"

« Une brouette pleine de quoi ? » pensa Alice

"عربة مليئة بماذا؟ "فكرت أليس

Mais elle ne fut pas tenue en suspens longtemps

لكنها لم تبقى في حالة تشويق لفترة طويلة

Une pluie de petits cailloux est passée par la fenêtre

جاء وابل من الحصى الصغيرة من خلال النافذة

et quelques petits cailloux l'ont frappée au visage

وضربتها بعض الحصى الصغيرة في وجهها

Alice fut surprise par les petits cailloux

فوجئت أليس بالحصى الصغيرة

Tous les petits cailloux se transformaient en gâteaux

كل الحصى الصغيرة كانت تتحول إلى كعك

et une idée lumineuse lui vint à l'esprit

وجاءت فكرة مشرقة في رأسها

« Je devrais manger un de ces gâteaux »

"يجب أن آكل واحدة من هذه الكعكات"

« Le gâteau ne manquera pas de faire changer ma taille »

"من المؤكد أن الكعكة ستحدث بعض التغيير في حجمي"

Alors elle a avalé l'un des gâteaux

لذلك ابتلعت إحدى الكعك

et elle fut ravie de constater qu'elle commençait à rétrécir

وكانت سعيدة عندما وجدت أنها بدأت في الانكماش

Bientôt, elle fut assez petite pour franchir la porte

سرعان ما أصبحت صغيرة بما يكفي لعبور الباب

Elle s'est enfuie de la maison

ركضت من المنزل

Une foule de petits animaux et d'oiseaux attendaient dehors

كان حشد من والطيور الصغيرة ينتظر في الخارج

tous les petits oiseaux et les petits animaux se précipitèrent sur Alice

هرعت كل الطيور الصغيرة إلى أليس

Mais elle s'enfuit aussi vite qu'elle le put

لكنها هربت بأسرع ما يمكن

et bientôt elle se trouva en sécurité dans un bois épais

وسرعان ما وجدت نفسها آمنة في خشب كثيف

Alice errait dans les bois

تجولت أليس في الغابة

Et elle pensa en elle-même :

وفكرت في نفسها:

« Je sais ce que je dois faire en premier »

"أعرف ما يجب أن أفعله أولا"

« Je dois d'abord grandir à ma bonne taille »

"أولا يجب أن أنمو إلى حجمي الصحيح مرة أخرى"

« et puis je dois trouver mon chemin dans ce joli jardin »

"وبعد ذلك يجب أن أجد طريقي إلى تلك الحديقة الجميلة"

« Je suppose que je devrais manger ou boire quelque chose ou autre »

"أفترض أنني يجب أن آكل أو أشرب شيئا أو آخر"

« Mais la question est de savoir ce que je dois manger ou boire ? »

"لكن السؤال هو ماذا يجب أن آكل أو أشرب؟"

Alice regarda tout autour d'elle les fleurs

نظرت أليس من حولها إلى الزهور

et elle regarda à travers les brins d'herbe

ونظرت من خلال شفرات العشب

mais elle ne voyait rien à manger ni à boire

لكنها لم تستطع رؤية أي شيء تأكله أو تشربه

Rien ne semblait être la bonne chose à manger ou à boire

لا شيء يبدو وكأنه الشيء الصحيح للأكل أو الشراب

Il y avait un gros champignon qui poussait près d'elle

كان هناك فطر كبير ينمو بالقرب منها

le champignon était à peu près de la même taille qu'Alice

كان الفطر بنفس ارتفاع أليس تقريبا

Elle s'étira sur la pointe des pieds

مددت نفسها على رؤوس أصابعها

Et elle jeta un coup d'œil par-dessus le bord du champignon

ونظرت إلى حافة الفطر

Ses yeux rencontrèrent immédiatement les yeux d'une
grande chenille bleue

التقت عيناها على الفور بعيون كاتربيلر أزرق كبير

La chenille était assise sur le sommet du champignon

كانت اليرقة جالسة على قمة الفطر

et la chenille avait croisé tous ses bras

وكانت اليرقة قد عبرت كل ذراعيه

et il fumait tranquillement un long narguilé

وكان يدخن بهدوء شيشة طويلة

et il ne faisait pas la moindre attention à rien

ولم يأخذ أدنى اهتمام لأي شيء

et il n'a certainement pas fait attention à Alice

وهو بالتأكيد لم ينتبه إلى أليس

Les conseils d'une chenille

نصيحة من كاتربيلر

Finalement, la chenille a retiré le narguilé de sa bouche

أخيرا أخرجت اليرقة الشيشة من فمها

et il s'adressa à Alice d'une voix languissante et endormie

وخاطب أليس بصوت ضعيف ونعاس

« Qui es-tu ? » demanda la chenille

"من أنت؟ "قالت اليرقة

Alice a répondu, plutôt timidement : « Je sais à peine, monsieur. »

أجابت أليس بخجل إلى حد ما ،" بالكاد أعرف يا سيدي"

« Juste pour le moment, c'est un peu... »

"فقط في الوقت الحالي ، كل شيء قليلا"...

« Je sais qui j'étais quand je me suis levé ce matin »

"أعرف من كنت عندما استيقظت هذا الصباح"

« mais je pense que j'ai dû changer plusieurs fois depuis »

"لكنني أعتقد أنني يجب أن أكون قد تغيرت عدة مرات منذ ذلك الحين"

« Qu'est-ce que tu veux dire par là ? » dit la chenille

"ماذا تقصد بذلك؟ "قالت اليرقة

sévèrement, la chenille lui demanda de s'expliquer

طلبت منها اليرقة بصرامة أن تشرح نفسها

— Je ne peux pas m'expliquer, j'en ai peur, monsieur, dit
Alice

قالت أليس" :لا أستطيع أن أشرح ، أخشى يا سيدي"

« parce que je ne suis pas moi-même »

"لأنني لست"

« Vous voyez, être de tant de tailles différentes en une
journée, c'est très déroutant »

"كما ترى ، فإن وجود أحجام مختلفة في يوم واحد أمر محير للغاية"

Elle se redressa et dit très gravement :

سحبت نفسها وقالت بجدية شديدة:

« Je pense que tu devrais me dire qui tu es, en premier »

"أعتقد أنه يجب عليك أن تخبرني من أنت أولا"

« Pourquoi ? » demanda la chenille

"لماذا؟ "قالت اليرقة

Alice ne voyait aucune bonne raison

لم تستطع أليس التفكير في أي سبب وجيه

et la chenille semblait être dans un état d'esprit très
désagréable

وبدا أن اليرقة في حالة ذهنية غير سارة للغاية

alors elle s'en retourna

لذلك ابتعدت

« Reviens ! » la chenille l'appela

"عد "إنادت اليرقة بعدها

« J'ai quelque chose d'important à dire ! »

"الدي شيء مهم لأقوله"!

Alice se retourna et revint

استدارت أليس وعادت مرة أخرى

« Garde ton sang-froid », dit la chenille

"حافظ على أعصابك "، قالت اليرقة

— C'est tout ? dit Alice

"هل هذا كل شيء؟ "قالت أليس

Et elle ravala sa colère de son mieux

وابتلعت غضبها قدر استطاعتها

« Non, » dit la chenille

"لا "، قالت اليرقة

La chenille déplia ses bras

كشفت اليرقة ذراعيها

Et il retira le narguilé de sa bouche

وأخرج الشيشة من فمه مرة أخرى

et il a dit : « Vous pensez donc que vous avez changé, n'est-ce pas ? »

فقال ،" إذن تعتقد أنك قد تغيرت ، أليس كذلك؟"

— J'ai peur, je suis changée, monsieur, dit Alice

قالت أليس" :أخشى ، لقد تغيرت يا سيدي"

« Je ne me souviens plus des choses comme je m'en souvenais »

"لا أستطيع أن أتذكر الأشياء كما كنت أتذكرها"

« et je ne reste pas plus de dix minutes de la même taille ! »

"وأنا لا أبقى بنفس الحجم لأكثر من عشر دقائق"!

« Quelle taille veux-tu faire ? » demanda la chenille

"ما هو الحجم الذي تريد أن تكون؟ "سألت اليرقة

— Oh, ma taille ne me dérange pas particulièrement, répondit vivement Alice

"أوه ، لا أمانع بشكل خاص في حجمي "، أجابت أليس على عجل

« Je n'aime pas changer de taille si souvent, vous savez »

"أنا فقط لا أحب تغيير الحجم كثيرا ، كما تعلم"

« J'aimerais être un peu plus grand, monsieur »

"أود أن أكون أكبر قليلا يا سيدي"

— Si cela ne vous dérange pas, ajouta Alice

"إذا كنت لا تمانع "، أضافت أليس

« Dix centimètres, c'est une taille si misérable »

"عشرة سنتيمترات هو ارتفاع بائس"

« C'est une très bonne hauteur en effet ! » dit la chenille avec colère

"إنه ارتفاع جيد جدا حقا "قالت اليرقة بغضب

et il se redressa tout en parlant

ورفع نفسه منتصبا وهو يتحدث

Il mesurait exactement dix centimètres de haut

كان ارتفاعه عشرة سنتيمترات بالضبط

Au bout d'une minute ou deux, la chenille s'est détachée du champignon

في دقيقة أو دقيقتين ، نزلت اليرقة من الفطر

et il s'enfonça en rampant dans l'herbe

وزحف بعيدا في العشب

En s'éloignant, il fit quelques petites remarques

وبينما كان يذهب بعيدا ، أدلى ببعض الملاحظات الصغيرة

« Un côté vous fera grandir »

"جانب واحد سيجعلك تنمو أطول"

« Et l'autre côté te fera rapetisser »

"والجانب الآخر سيجعلك تنمو أقصر"

« Un côté de quoi ? » pensa Alice en elle-même

"جانب واحد من ماذا؟ "فكرت أليس في نفسها

« L'autre côté de quoi ? »

"الجانب الآخر من ماذا؟"

« Le côté du champignon », dit la chenille

"جانب الفطر "، قالت اليرقة

C'était comme si elle avait posé sa question à haute voix

كان الأمر كما لو أنها سألت سؤالها بصوت عال

et un instant plus tard, il fut hors de vue

وفي لحظة أخرى ، كان بعيدا عن الأنظار

Alice resta pensivement à regarder le champignon

ظلت أليس تنظر بعناية إلى الفطر

Elle essayait de distinguer quels étaient les deux côtés du champignon

كانت تحاول معرفة جانبي الفطر

Enfin, elle étendit ses bras autour du champignon

أخيرا مدت ذراعيها حول الفطر

Et elle cassa un peu les bords

وقطعت قليلا من الحواف

« Et maintenant, de quel côté est-ce ? » se dit-elle

"والآن ، أي جانب أيهما؟ "قالت لنفسها

et elle grignota un peu du mors de la main droite

وقضم القليل من اليد اليمنى

L'instant d'après, elle sentit un violent coup sous son menton

في اللحظة التالية شعرت بضربة عنيفة تحت ذقنها

Son menton avait heurté son pied !

أصابت ذقنها قدمها!

Elle fut bien effrayée par ce changement très soudain

كانت خائفة كثيرا من هذا التغيير المفاجئ للغاية

Elle rétrécissait très rapidement

كانت تتقلص بسرعة كبيرة

Alors elle a rapidement mangé un peu de l'autre morceau de champignon

لذلك سرعان ما أكلت بعضا من الفطر الآخر

Son menton était très serré contre son pied

تم ضغط ذقنها عن كثب على قدمها

Il y avait à peine de la place pour ouvrir la bouche

بالكاد كان هناك مجال لفتح فمها

mais elle parvint enfin à ouvrir la bouche

لكنها تمكنت أخيرا من فتح فمها

et elle avala un morceau du mors de la main gauche

وابتلعت لقمة من اليد اليسرى

« Ma tête a enfin été libérée ! » dit Alice

"لقد تم تحرير رأسي أخيرا "قالت أليس

Elle baissa les yeux sur elle-même

نظرت إلى نفسها

mais tout ce qu'elle pouvait voir, c'était une immense longueur de cou

لكن كل ما استطاعت رؤيته كان طولا هائلا للرقبة

Son cou semblait se dresser comme une tige

بدت رقبتها وكأنها ترتفع مثل ساق

et elle baissa les yeux sur une mer de feuilles vertes

ونظرت إلى الأسفل فوق بحر من الأوراق الخضراء

« Où sont passées mes épaules ? »

"إلى أين وصلت كتفي؟"

« Et oh, mes pauvres mains, comment se fait-il que je ne puisse pas vous voir ? »

"وأوه ، يدي المسكينة ، كيف لا أستطيع رؤيتك؟"

Mais son cou avait un avantage

لكن رقبتها كان لها فائدة واحدة

Elle pouvait bouger la tête dans n'importe quelle direction

يمكنها تحريك رأسها في أي اتجاه

En fait, elle était comme un serpent

في الواقع ، كانت مثل الثعبان

Elle zigzague gracieusement, la tête baissée

تعرجت رأسها برشاقة لأسفل

et elle remua la tête à travers les arbres

وحركت رأسها عبر الأشجار

Mais elle entendit alors un sifflement aigu

لكنها سمعت بعد ذلك هسهسة حادة

Et elle tira rapidement la tête en arrière

وسرعان ما سحبت رأسها للخلف

Un gros pigeon lui avait volé au visage

طار حمامة كبيرة في وجهها

et le pigeon était violemment avec ses ailes

وكان الحمام بعنف بجناحيه

« Serpent ! » cria le pigeon

"الثعبان "إصرخ الحمام

« Je ne suis pas un serpent ! » dit Alice avec indignation

"أنا لست ثعبانا "إقالت أليس بسخط

« Laisse-moi tranquille ! »

"اتركني وشأني"!

« J'ai essayé les racines des arbres »

"لقد جربت جذور الأشجار"

— Et j'ai essayé des haies, continua le pigeon

"وقد جربت التحوطات "، تابع الحمام

« Mais ces serpents ! Il n'y a pas moyen de leur plaire !

"لكن تلك الثعابين !إلا يوجد إرضاء لهم!

Alice était de plus en plus perplexe

كانت أليس في حيرة أكثر فأكثر

« Comme si ce n'était pas assez compliqué de faire éclore les œufs », a déclaré le pigeon

قال الحمامة" :كما لو لم تكن مشكلة كافية في تفقيس البيض"

« Nuit et jour, je dois aussi faire attention aux serpents ! »

"ليلا ونهارا يجب أن أبحث عن الثعابين أيضا"!

« Je venais de trouver l'arbre le plus haut de la forêt »

"لقد وجدت للتو أعلى شجرة في الغابة"

« Je serais sûrement libre des serpents ici ? »

"بالتأكيد سأكون حرا من الثعابين هنا؟"

« Et un serpent sort du ciel ! »

"ويخرج ثعبان من السماء"!

« Mais je ne suis pas un serpent, je vous le dis ! » dit Alice

"لكنني لست ثعبانا ، أقول لك "إقالت أليس

"Je suis un... Je suis un... Je suis une petite fille, ajouta-t-elle d'un air un peu dubitatif

"أنا ... أنا ... أنا فتاة صغيرة "، أضافت بشك إلى حد ما

Après tout, elle avait traversé beaucoup de changements

لقد مرت بعد كل شيء بالكثير من التغييرات

« Tu cherches des œufs », dit le pigeon

قال الحمامة" :أنت تبحث عن البيض"

« Je le sais pertinemment »

"أعرف ذلك على سبيل الحقيقة"

« Et qu'importe que vous soyez une petite fille ou un serpent ? »

"وما الذي يهم إذا كنت فتاة صغيرة أو ثعبانا!"

— Cela m'importe beaucoup, dit Alice à la hâte

"إنه يهمني كثيرا "، قالت أليس على عجل

« mais je ne cherche pas d'œufs, en l'occurrence »

"لكنني لا أبحث عن البيض ، كما يحدث"

« et je ne voudrais pas de tes œufs de toute façon »

"وأنا لا أريد بيضك على أي حال"

« Je n'aime pas mes œufs crus »

"أنا لا أحب بيضتي نيئة"

« Eh bien, allez-vous-en ! » dit le pigeon d'un ton boudeur

"حسنا ، ابتعد إذن "إقال الحمام بنبرة عاهبة

et le pigeon se posa de nouveau dans son nid

واستقر الحمام مرة أخرى في عشه

Alice s'accroupit parmi les arbres du mieux qu'elle put

جثمت أليس بين الأشجار قدر استطاعتها

Son cou ne cessait de s'emmêler parmi les branches

ظلت رقبتها تتشابك بين الأغصان

De temps en temps, elle devait s'arrêter et se tordre le cou

بين الحين والآخر كان عليها أن تتوقف وفك رقبتها

Au bout d'un moment, elle se souvint du champignon

بعد فترة تذكرت الفطر

Elle tenait toujours les morceaux de champignon dans ses mains

كانت لا تزال تحمل قطع الفطر في يديها

et elle se mit à l'œuvre avec beaucoup de soin

وشرعت في العمل بعناية فائقة

D'abord, elle a grignoté un morceau

أولا قضمت قطعة واحدة

puis elle grignota l'autre morceau

ثم قضمت القطعة الأخرى

Parfois, elle grandissait

في بعض الأحيان كانت تنمو أطول

et parfois elle devenait plus petite

وأحيانا أصبحت أقصر

Mais finalement, elle a atteint sa taille habituelle

لكنها أخيرا حققت طولها المعتاد

Elle n'avait pas été de sa taille depuis un certain temps

لم تكن طولها لبعض الوقت

Tout m'a semblé étrange pendant un moment

لذلك شعرت بغرابة كل شيء لفترة من الوقت

« La prochaine chose à faire est d'entrer dans ce beau jardin »

"الشيء التالي الذي يجب فعله هو الدخول إلى تلك الحديقة الجميلة"

« Comment cela se fera-t-il, je me demande ? »

"كيف يتم ذلك ، أتساءل؟"

En disant cela, elle tomba sur un endroit ouvert

عندما قالت هذا ، جاءت إلى مكان مفتوح

Il y avait une petite maison, un peu plus haute qu'un mètre

كان هناك منزل صغير ، أعلى قليلا من متر

« Je me demande qui habite cette petite maison »

"أتساءل من يعيش في هذا المنزل الصغير"

« Je ne peux certainement pas y aller aussi grand que je le suis »

"بالتأكيد لا يمكنني الدخول بحجم أنا"

« Je les effrayerais terriblement ! »

"سأخيفهم بشكل رهيب"!

alors elle grignota à nouveau le petit champignon

لذلك قضمت الفطر الصغير مرة أخرى

et bientôt elle s'abaissa de trente centimètres

وسرعان ما انخفضت نفسها ثلاثين سنتيمترا

Un cochon et du poivre

خنزير وبعض الفلفل

Pendant une minute ou deux, elle resta à regarder la maison

وقفت لمدة دقيقة أو دقيقتين تنظر إلى المنزل

Soudain, un valet de pied sortit en courant des bois

فجأة خرج رجل من الغابة

Il portait un uniforme de livrée spécial

كان يرتدي زيا خاصا

à en juger par son seul visage, elle l'aurait traité de poisson

إذا حكمنا من خلال وجهه فقط ، كانت ستطلق عليه سمكة

et il frappa bruyamment à la porte avec ses jointures

وضرب بصوت عال عند الباب بمفاصل أصابعه

La porte fut ouverte par un autre valet de pied

فتح الباب من قبل رجل آخر

Ce valet de pied portait également une livrée spéciale

كان هذا الرجل يرتدي كسوة خاصة أيضا

Ce valet de pied avait un visage rond et de grands yeux
comme une grenouille

كان لهذا الرجل وجه مستدير وعينان كبيرتان مثل الضفدع

C'est le valet de pied qui ressemblait à un poisson qui a initié la cérémonie

بدأ الرجل الذي بدا وكأنه سمكة الحفل

Il sortit quelque chose de sous son bras

أخرج شيئا من تحت ذراعه

et il tira de dessous son bras une enveloppe

وأخرج من تحت ذراعه مظروفا

et cette enveloppe, il la remit à l'autre valet de pied

وهذا الظرف سلمه إلى المشاة الآخر

D'un ton cérémoniel, il lui donna les ordres

بنبرة احتفالية أخبره بالأوامر

« Ce message s'adresse à la duchesse »

"هذه الرسالة للدوقة"

« Une invitation de la reine à jouer au croquet »

"دعوة من الملكة للعب الكروكيه"

Le valet de pied qui ressemblait à une grenouille répéta l'ordre

كرر الرجل الذي بدا وكأنه ضفدع الأمر

« De la reine »

"من الملكة"

« Une invitation »

"دعوة"

« pour la duchesse »

"من أجل الدوقة"

« Jouer au croquet »

"لعب الكروكيه"

Puis ils s'inclinèrent tous les deux

ثم انحنى كلاهما

et les boucles de leurs perruques s'emmêlèrent

وتشابكت الضفائر في الشعر المستعار معا

Bientôt, le valet de pied qui ressemblait à un poisson a disparu

سرعان ما اختفى الرجل الذي بدا وكأنه سمكة

Mais le valet de pied qui ressemblait à une grenouille était toujours là

لكن الرجل الذي بدا وكأنه ضفدع كان لا يزال هناك

Il était assis par terre près de la porte

كان جالسا على الأرض بالقرب من الباب

Il regardait bêtement le ciel

كان يحدق بغباء في السماء

Alice s'approcha timidement de la porte et frappa

صعدت أليس بخجل إلى الباب وطرقت

— Il ne sert à rien de frapper, dit le valet de pied

"لا فائدة من الطرق "، قال الرجل

« Et ce, pour deux raisons »

"وذلك لسببين"

« D'abord, parce que je suis du même côté de la porte que toi »

"أولا ، لأنني على نفس الجانب من الباب مثلك"

« Deuxièmement, parce qu'ils font tellement de bruit à l'intérieur »

"ثانيا ، لأنهم يحدثون الكثير من الضوضاء في الداخل"

« Personne ne pouvait vous entendre »

"لا أحد يمكن أن يسمعك"

Et il y avait certainement un bruit des plus extraordinaires à l'intérieur

وبالتأكيد كان هناك ضجيج غير عادي يحدث في الداخل

des hurlements et des éternuements constants

عواء وعطس مستمر

et de temps en temps un bruit de grand fracas

وبين الحين والآخر صوت تحطم كبير

comme si un plat ou une bouilloire avait été brisé en morceaux

كما لو أن طبقا أو غلاية قد تم تكسيرها إلى أشلاء

« Comment vais-je entrer ? » demanda Alice

"كيف يمكنني الدخول؟ "سألت أليس

— Faut-il que tu entres ? dit le valet de pied

"هل يجب أن تدخل على الإطلاق؟ "قال الرجل

« C'est la première question, vous savez »

"هذا هو السؤال الأول ، كما تعلم"

Alice ouvrit la porte et entra

فتحت أليس الباب ودخلت

La porte menait directement à une grande cuisine

أدى الباب مباشرة إلى مطبخ كبير

La cuisine était pleine de fumée d'un bout à l'autre

كان المطبخ مليئا بالدخان من طرف إلى آخر

au milieu de la cuisine se trouvait la duchesse

في منتصف المطبخ كانت الدوقة

Elle était assise sur un tabouret à trois pieds

كانت جالسة على كرسي ثلاثي الأرجل

et elle allaitait un bébé

وكانت ترضع طفلا

Le cuisinier était penché au-dessus du feu

كان الطباخ يتكئ فوق النار

Il remuait un grand chaudron

كان يحرك ممثل كبير

et le chaudron semblait être plein de soupe

وبدا أن المكالدرون مليء بالحساء

« Il y a certainement trop de poivre dans cette soupe ! » Alice se dit

"بالتأكيد هناك الكثير من الفلفل في هذا الحساء "إقالت أليس لنفسها

Elle l'a dit du mieux qu'elle a pu sans éternuer

قالت ذلك بأفضل ما تستطيع دون أن تعطس

Même la duchesse éternuait de temps en temps

حتى الدوقة عطست من حين لآخر

Mais les actions du bébé étaient les plus remarquables

لكن تصرفات الطفل كانت الأكثر جدارة بالملاحظة

Le bébé éternuait et hurlait alternativement

كان الطفل يعطس ويعوي بالتناوب

Il n'y avait pas un instant de pause entre les hurlements et les éternuements

لم يكن هناك توقف للحظة بين العواء والعطس

Il y avait deux créatures dans la cuisine qui n'éternuaient pas

كان هناك مخلوقان في المطبخ لم يعطسا

Le cuisinier était trop occupé pour éternuer

كان الطباخ مشغولا جدا بحيث لا يستطيع العطس

et le gros chat ne semblait pas se soucier du poivre

ولا يبدو أن القطة الكبيرة تمانع في الفلفل

Au lieu de cela, le gros chat souriait d'une oreille à l'autre

بدلا من ذلك ، كانت القطة الكبيرة تبتسم من الأذن إلى الأذن

— Pourriez-vous me le dire, s'il vous plaît, dit Alice un peu timidement

"من فضلك هل تخبرني "، قالت أليس بخجل قليلا

« Pourquoi ton chat sourit-il comme ça ? »

"لماذا تبتسم قطتك هكذا؟"

« C'est un Cheshire-Cat, » dit la duchesse

"إنها قطة شيشاير: قالت الدوقة"

« Et c'est pourquoi il sourit d'une oreille à l'autre »

"ولهذا السبب يبتسم من الأذن إلى الأذن"

« Je ne savais pas qu'un Cheshire-Cat souriait toujours »

"لم أكن أعرف أن قطة شيشاير كانت دائما تبتسم"

« En fait, je ne savais pas que les chats pouvaient sourire », a déclaré Alice

"في الواقع ، لم أكن أعرف أن القطط يمكن أن تبتسم: قالت أليس"

— Il y a beaucoup de choses que vous ne savez pas, dit la duchesse

"هناك الكثير الذي لا تعرفه: قالت الدوقة"

« Il y a beaucoup de choses que vous ne savez pas et c'est un fait »

"هناك الكثير الذي لا تعرفه وهذه حقيقة"

Juste à ce moment-là, le cuisinier retira le chaudron de soupe du feu

عندها فقط أزال الطباخ كالدرون الحساء من النار

et aussitôt, elle commença à jeter tout ce qui était à sa portée

وعلى الفور بدأت في رمي كل شيء في متناول يدها

elle jeta tout ce qu'elle put sur la duchesse et le bébé

ألقت كل ما في وسعها على الدوقة والطفل

D'abord, elle jeta les fers à feu

أولا ألقت النار

Puis elle a jeté une poignée de casseroles

ثم ألقت حفنة من القدور

et enfin elle jeta les assiettes et les plats

وأخيرا ألقت الأطباق والأطباق

La duchesse ne fit pas attention à elle

لم تلاحظها الدوقة

Même lorsqu'elle a été frappée par une assiette, elle ne s'est pas inquiétée

حتى عندما أصيبت بلوحة لم تقلق

Le bébé hurlait déjà tellement

كان الطفل يعوي كثيرا بالفعل

Il était donc impossible de dire si les coups blessaient le bébé ou non

لذلك كان من المستحيل تحديد ما إذا كانت الضربات تؤذي الطفل أم لا

« Oh, je vous en prie, faites attention à ce que vous faites ! » s'écria Alice

"أوه ، من فضلك اهتم بما تفعله "إصرخت أليس

et elle sautait de haut en bas dans une agonie de terreur

وقفزت صعودا وهبوطا في عذاب من الرعب

la duchesse offrit le bébé à Alice

عرضت الدوقة على أليس الطفل

« Ici ! Tu peux allaiter un peu le bébé, si tu veux !

"هنا إيمكنك إرضاع الطفل قليلا ، إذا أردت!

et elle lui lança l'enfant tout en parlant

وألقت الطفل عليها وهي تتحدث

« Je dois aller me préparer à jouer au croquet avec la reine »

"يجب أن أذهب وأستعد للعب الكروكيه مع الملكة"

et elle se hâta de sortir de la chambre

وخرجت من الغرفة

Alice attrapa le bébé avec quelque difficulté

أمسكت أليس بالطفل ببعض الصعوبة

parce que c'était une petite créature de forme très étrange

لأنه كان مخلوقا صغيرا غريبا جدا

et l'enfant tendit les bras et les jambes dans toutes les directions

ورفع الطفل ذراعيه وساقيه في جميع الاتجاهات

« Je ferais mieux d'emmener cet enfant avec moi », pensa Alice

"من الأفضل أن آخذ هذا الطفل معي "، فكرت أليس

« Ils sont sûrs de tuer ce bébé dans un jour ou deux »

"من المؤكد أنهم سيقتلون هذا الطفل في يوم أو يومين"

« Ne serait-ce pas un meurtre de laisser ce bébé derrière soi ? »

"ألن يكون من القتل ترك هذا الطفل وراءه؟"

Elle prononça les derniers mots à haute voix

قالت الكلمات الأخيرة بصوت عال

Et la petite créature grogna en réponse

وشخر الشيء الصغير ردا على ذلك

« Tu ferais mieux de ne pas te transformer en cochon, ma chère, » dit Alice

قالت أليس" من الأفضل ألا تتحول إلى خنزير يا عزيزتي"

« ou alors je n'aurai plus rien à faire avec toi »

"وإلا فلن يكون لدي أي علاقة بك أخرى"

Alice commençait à peine à penser en elle-même :

كانت أليس قد بدأت للتو في التفكير في نفسها:

« Maintenant, que vais-je faire de cette créature, quand je la ramène à la maison ? »

"الآن ، ماذا أفعل بهذا المخلوق ، عندما أعود إليه إلى المنزل؟"

Mais alors la petite créature grogna un peu violemment

ولكن بعد ذلك شخر المخلوق الصغير بعنف قليلا

et Alice baissa les yeux sur son visage avec une certaine inquiétude

ونظرت أليس إلى وجهها في بعض الذعر

Cette fois, il ne pouvait y avoir d'erreur à ce sujet

هذه المرة لا يمكن أن يكون هناك خطأ في ذلك

Ce n'était ni plus ni moins qu'un cochon

لم يكن أكثر ولا أقل من خنزير

alors elle déposa la petite créature

لذلك وضعت المخلوق الصغير

et la petite créature s'éloigna tranquillement dans le bois

ويهرول المخلوق الصغير بهدوء في الغابة

Alice se sentit tout à fait soulagée de voir la créature partir

شعرت أليس بالارتياح الشديد لرؤية المخلوق يذهب

Alice fut un peu surprise en voyant le Chat-Cheshire

شعرت أليس بالذهول قليلا برؤيةCheshire-Cat

Il était assis sur une branche d'arbre à quelques mètres de là

كانت جالسة على غصن شجرة على بعد أمتار قليلة

Le chat ne sourit que lorsqu'il la vit

ابتسمت القطة ابتسامة عريضة فقط عندما رأتها

« Chat du Cheshire », commença Alice un peu timidement

"قطة شيشاير "، بدأت أليس بخجل إلى حد ما

« Pourriez-vous s'il vous plaît me dire dans quelle direction je dois aller à partir d'ici ? »

"هل تخبرني من فضلك في أي اتجاه يجب أن أذهب من هنا؟"

« Dans cette direction », dit le chat

قالت القطة" :في هذا الاتجاه"

et il agita la patte droite

ولوح بالمخلب الأيمن حوله

« C'est dans cette direction que vit un fabricant de chapeaux »

"في هذا الاتجاه يعيش صانع القبعات"

puis le chat agita son autre patte

ثم لوحت القطة بمخلبها الآخر

« Et dans cette direction vit un lièvre de marche »

"وفي هذا الاتجاه يعيش أرنب مسيرة"

« Visitez l'un ou l'autre de vos goûts ; Ils sont tous les deux fous"

"قم بزيارة أيا كانت تريد .كلاهما مجنون"

— Mais je ne veux pas aller parmi des fous, remarqua Alice

"لكنني لا أريد أن أذهب بين المجانين "، قالت أليس

« Oh, tu ne peux pas t'en empêcher, » dit le Chat

"أوه ، لا يمكنك المساعدة في ذلك "، قالت القطة

« Nous sommes tous fous ici »

"نحن جميعا غاضبون هنا"

« Tu joues au croquet avec la reine aujourd'hui ? »

"هل تلعب الكروكيه مع الملكة اليوم؟"

— J'aimerais beaucoup, dit Alice

قالت أليس" أود ذلك كثيرا"

« mais je n'ai pas encore été invité »

"لكنني لم تتم دعوتي بعد"

« Tu me verras là-bas », dit le Chat

قالت القطة" :ستراني هناك"

et d'un instant à l'autre le chat disparaissait

ومن لحظة إلى أخرى اختفت القطة

bientôt Alice arriva en vue de la maison du lièvre de marche

سرعان ما ظهرت أليس على مرأى من منزل أرنب المسيرة

C'était une très grande maison

كان هذا منزلا كبيرا جدا

alors Alice ne voulait pas s'approcher de la maison

لذلك لم ترغب أليس في الاقتراب من المنزل

D'abord, elle a dû grignoter un peu plus du morceau de
champignon du côté gauche

في البداية كان عليها أن تقضم المزيد من الجزء الأيسر من الفطر

Un thé fou

حفلة شاي مجنونة

Devant la maison, il y avait un arbre

أمام المنزل كانت هناك شجرة

et sous l'arbre, il y avait une table

وتحت الشجرة كانت هناك طاولة

et la table était dressée avec toutes sortes de couverts

وتم إعداد الطاولة بجميع أنواع أدوات المائدة

Le lièvre de mars et le chapelier étaient à table

كان أرنب المسيرة وصانع القبعات على الطاولة

et ensemble ils prenaient le thé

وكانوا يتناولون الشاي معا

Un loir était assis entre eux

كان الزغب يجلس بينهما

et le loir dormait profondément

وكان الزغب نائما سريعا

La table était d'une taille extraordinaire

كان الجدول بحجم غير عادي

mais la majeure partie de la table était inoccupée

لكن معظم الطاولة كانت غير مأهولة

Ils étaient assis serrés les uns contre les autres dans un coin
de la table

جلسوا مزدحمين معا في أحد أركان الطاولة

et pourtant ils s'excusaient quand ils voyaient Alice

ومع ذلك فقد اختلقوا الأعذار عندما رأوا أليس

« Pas de place ! Pas de place ! » crièrent-ils

"لا مكان إلا مكان "إصرخوا

« Il y a beaucoup de place ! » dit Alice avec indignation

"هناك متسع كبير "إقالت أليس بسخط

À l'une des extrémités de la table, il y avait un grand fauteuil

في أحد طرفي الطاولة كان هناك كرسي كبير بذراعين

et Alice s'assit dans le fauteuil

وجلست أليس على الكرسي بذراعين

Le chapelier ouvrit de grands yeux

فتح صانع القبعات عينيه على مصراعيه

Il n'arrivait pas à croire ce qu'il voyait

لم يستطع تصديق ما كان يراه

Mais son esprit était curieux d'autres choses

لكن عقله كان فضوليا بشأن أشياء أخرى

« Pourquoi un corbeau est-il comme un bureau ? »

"لماذا الغراب مثل مكتب الكتابة؟"

Alice était prête à relever le défi

كانت أليس منفتحة على التحدي

« Je suis content qu'ils aient commencé à poser des énigmes »

"أنا سعيد لأنهم بدأوا في طرح الألغاز"

— Je crois que je peux le deviner, ajouta-t-elle à haute voix

وأضافت بصوت عال: "أعتقد أنني أستطيع تخمين ذلك"

Le lièvre de mars s'est curieux de connaître Alice

أصبح أرنب المسيرة فضوليا بشأن أليس

« Pensez-vous vraiment que vous pouvez trouver la réponse ? »

"هل تعتقد حقا أنه يمكنك العثور على الإجابة؟"

— Je crois que je peux trouver la réponse, en effet, dit Alice

قالت أليس: "أعتقد أنني أستطيع العثور على الإجابة بالفعل"

« Alors, tu devrais dire ce que tu veux dire », continua le lièvre de marche

"إذن يجب أن تقول ما تعنيه "، استمر أرنب المسيرة

— Je dis ce que je pense, répondit vivement Alice

"أنا أقول ما أعنيه "، أجابت أليس على عجل

« à tout le moins, je pense ce que je dis »

"على الأقل أعني ما أقوله"

« C'est la même chose, vous savez »

"هذا نفس الشيء ، كما تعلم"

Le loir a également contribué à la conversation

ساهم الزغب أيضا في المحادثة

mais le loir semblait parler dans son sommeil

لكن بدا أن الزغب يتحدث أثناء نومه

« Je respire quand je dors »

"أتنفس عندما أنام"

« Je dors quand je respire ! »

"أنام عندما أتنفس"!

« Autant dire qu'ils sont les mêmes aussi »

"يمكنك أيضا القول إنهما متماثلان أيضا"

« C'est la même chose pour toi », dit le chapelier

"إنه نفس الشيء معك "، قال صانع القبعات

Et il versa un peu de thé sur le nez du loir

dormouseوسكب القليل من الشاي على أنف ال

Le Loir secoua la tête avec impatience

هز الزغب رأسه بفارغ الصبر

et le loir parla de nouveau, sans ouvrir les yeux

ومرة أخرى تحدث الزغب ، دون أن يفتح عينيه

« Bien sûr, bien sûr que c'est la même chose »

"بالطبع ، بالطبع هو نفسه"

« C'est juste ce que j'allais dire moi-même »

"هذا بالضبط ما كنت سأقوله"

Le chapelier se tourna vers Alice et lui posa une autre question

التفت صانع القبعات إلى أليس وطرح سؤالا آخر

« As-tu déjà deviné l'énigme ? »

"هل خمنت اللغز بعد؟"

« Non, j'abandonne », a concédé Alice

"لا ، أنا أستسلم "، اعترفت أليس

« Quelle est la réponse ? » voulait-elle savoir

"ما هو الجواب؟ "أرادت أن تعرف

— Je n'en ai pas la moindre idée, dit le chapelier

"قال صانع القبعة" :ليس لدي أدنى فكرة

« Moi non plus, » dit le lièvre de marche

"ولا أعرف "، قال أرنب المسيرة

Alice poussa un soupir de lassitude

تنهدت أليس بالتعب

« Il y a de meilleures utilisations du temps que des énigmes sans réponses »

"هناك استخدامات أفضل للوقت من الألغاز بدون إجابات"

« Prends encore du thé », dit le lièvre de marche à Alice, très sérieusement

"تناول المزيد من الشاي "، قال أرنب المسيرة لأليس بجدية شديدة

Alice était assez offensée par l'offre

شعرت أليس بالإهانة من العرض

— Je n'ai pas encore pris de thé, répondit Alice

"أجابت أليس" :لم أتناول الشاي بعد

« donc je ne peux plus prendre de thé »

"لذلك لا يمكنني تناول المزيد من الشاي"

— Vous voulez dire que vous ne pouvez pas prendre moins de thé, dit le chapelier

"قال صانع القبعة" :أنت تقصد أنه لا يمكنك تناول كمية أقل من الشاي"

« C'est très facile de prendre plus que rien »

"من السهل جدا أن تأخذ أكثر من لا شيء"

À ces mots, Alice se leva et s'en alla

عند هذا ، نهضت أليس وخرجت

Le loir s'endormit instantanément

نام الزغب على الفور

et ni l'un ni l'autre ne firent la moindre attention à son

départ

ولم ينتبه أي من الآخرين بذهابها

bien qu'elle ait regardé en arrière une ou deux fois

على الرغم من أنها نظرت إلى الوراء مرة أو مرتين

Ils essayaient de mettre le loir dans la théière

كانوا يحاولون وضع الزغب في إبريق الشاي

« En tout cas, je n'y retournerai plus ! » dit Alice

قالت أليس"على أي حال ، لن أذهب إلى هناك مرة أخرى"

et elle se fraya un chemin à travers les bois

وسارت في طريقها عبر الغابة

« c'était le thé le plus stupide auquel j'aie jamais assisté »

"كان هذا أغبى حفلة شاي زرتها على الإطلاق"

Juste au moment où elle disait cela, elle remarqua quelque
chose

تماما كما قالت هذا ، لاحظت شيئا ما

L'un des arbres avait une porte qui y menait directement

كان لإحدى الأشجار باب يؤدي إليها مباشرة

« C'est très intéressant ! » a-t-elle pensé

فكرت"هذا مثير جدا للاهتمام"

« Je pense que je peux aussi bien passer la porte »

"أعتقد أنني قد أذهب أيضا من الباب"

Et elle passa par la porte

وذهبت عبر الباب

Une fois de plus, elle se retrouva dans le long couloir

مرة أخرى وجدت نفسها في القاعة الطويلة

de nouveau, elle était près de la petite table de verre

مرة أخرى كانت قريبة من الطاولة الزجاجية الصغيرة

Elle prit la petite clé d'or

أخذت المفتاح الذهبي الصغير

et elle ouvrit la porte qui donnait sur le jardin

وفتحت الباب المؤدي إلى الحديقة

Puis elle s'est mise au travail pour grignoter le champignon

ثم شرعت في العمل على قضم الفطر

Elle avait gardé un morceau du champignon dans sa poche

كانت قد احتفظت بقطعة من الفطر في جيبها

Et finalement, elle mesurait environ un mètre

وأخيرا كان طولها حوالي متر

Puis elle descendit le petit couloir

ثم سارت في الممر الصغير

Et puis elle s'est finalement retrouvée dans le magnifique jardin

ثم وجدت نفسها أخيرا في الحديقة الجميلة

et elle était parmi les fleurs brillantes et les fontaines fraîches

وكانت بين الزهرة الزاهية والنوافير الباردة

Le terrain de croquet de la reine
أرض الكروكيه للملكة

Un grand rosier se dressait près de l'entrée du jardin
وقفت شجرة ورد كبيرة بالقرب من مدخل الحديقة

Les roses qui poussaient sur l'arbre étaient blanches
كانت الورود التي تنمو على الشجرة بيضاء

Mais il y avait trois jardiniers qui peignaient la rose
ولكن كان هناك ثلاثة بستانيين يرسمون الوردة

Ils étaient occupés à peindre les roses en rouge
كانوا مشغولين بطلاء الورود باللون الأحمر

et Alice les regardait peindre les roses en rouge
وكانت أليس تشاهدهم يرسمون الورود باللون الأحمر

et soudain leurs yeux tombèrent par hasard sur Alice
وفجأة صادفت عيونهم أن تسقط على أليس

Alice parlait un peu timidement
تحدثت أليس بخجل قليلا

« Pourriez-vous me le dire, s'il vous plaît ? »
"هل تخبرني من فضلك ؛"

« Pourquoi peignez-vous tous ces roses ? »
"لماذا ترسم تلك الورود؟"

cinq et sept ne dirent rien, mais regardèrent deux
خمسة وسبعة لم يقولوا شيئا ، لكنهم نظروا إلى اثنين

deux d'entre eux parlèrent à voix basse
تحدث اثنان بصوت منخفض

— Eh bien, le fait est, voyez-vous, madame.
"لماذا ، الحقيقة هي ، كما ترى ، سيدتي"

« Celui-ci aurait dû être un rosier rouge »
"كان يجب أن تكون هذه هنا شجرة وردة حمراء"

« Et nous avons mis un rosier blanc par erreur »
"ووضعنا شجرة وردة بيضاء عن طريق الخطأ"

« Comme vous en conviendrez, la reine ne doit pas le
découvrir »
"كما توافق ، يجب على الملكة ألا تكتشف ذلك"

« Sinon, nous aurions tous la tête tranchée »
"وإلا لكنا جميعا نقطع رؤوسنا"

« Alors vous voyez, madame, nous faisons de notre mieux »

"لذا ترون ، سيدتي ، نحن نبذل قصارى جهدنا"

La cinquième carte avait regardé anxieusement à travers le jardin

كانت البطاقة الخامسة تنظر بقلق عبر الحديقة

À ce moment, la cinquième carte cria : « La dame ! La reine !

في هذه اللحظة صرخت البطاقة الخامسة ،" الملكة !الملكة"!

Et les trois jardiniers s'enfuirent aussitôt

واندفع البستانيون الثلاثة على الفور بعيدا

et ils se jetèrent à plat ventre

وألقوا بأنفسهم على وجوههم

Il y eut un bruit de nombreux pas

كان هناك صوت خطى كثيرة

Alice regarda autour d'elle, impatiente de voir la reine

نظرت أليس حولها ، حريصة على رؤية الملكة

Au début de la procession se trouvaient dix soldats

في بداية الموكب كان هناك عشرة جنود

leurs mains et leurs pieds étaient dans les coins

كانت أيديهم وأقدامهم في الزوايا

et dans leurs mains et leurs pieds étaient des massues

وفي أيديهم وأقدامهم الهراوات

Venaient ensuite les dix courtisans

بعد ذلك جاء رجال الحاشية العشرة

Les courtisans étaient partout ornés de diamants

كان رجال الحاشية مزينين بالماس

Après les courtisans sont venus les enfants royaux

بعد رجال الحاشية جاء الأطفال الملكيون

Il y avait dix enfants royaux

كان هناك عشرة من الأطفال الملكيين

et tous les enfants royaux étaient ornés de cœurs

وجميع الأبناء الملكيين مزينون بقلوب

Venaient ensuite les invités ; principalement des rois et des reines

بعد ذلك جاء الضيوف .معظمهم من الملوك والملكات

et parmi les rois et la reine, Alice vit quelqu'un

ومن بين الملوك والملكة رأت أليس شخصا ما

Elle revit le lapin blanc qu'elle avait chassé

رأت مرة أخرى الأرنب الأبيض الذي طاردته

Le cortège était suivi par le valet de cœur

تبع الموكب بسكين القلوب

Il portait la couronne du roi

كان يحمل تاج الملك

et la couronne du roi était sur un coussin de velours cramoisi

وكان تاج الملك على وسادة مخملية قرمزية

Et puis vint la fin de ce grand cortège

ثم جاءت نهاية هذا الموكب الكبير

Et là, à la fin, il y avait le Roi et la Reine de Cœur

وهناك في النهاية كان ملك وملكة القلوب

le cortège arriva en face d'Alice

جاء الموكب مقابل أليس

et ils s'arrêtèrent tous et la regardèrent

وتوقفوا جميعا ونظروا إليها

et la reine dit sévèrement : « Qui est-ce ? »

فقالت الملكة بشدة ،" من هذا؟!"

Elle l'a dit au Valet de Cœur

قالت ذلك لـKnave of Hearts

Mais il s'est contenté de s'incliner et de sourire en réponse

لكنه انحنى وابتسم ردا على ذلك

Alice parla très poliment

تحدثت أليس بأدب شديد

« Je m'appelle Alice, alors faites plaisir à Votre Majesté »

"اسمي أليس ، لذا أرجو جلالتك"

Mais elle avait d'autres pensées pour elle-même

لكن كانت لديها أفكار أخرى لنفسها

« Ce n'est qu'un jeu de cartes, après tout ! »

"إنها مجرد حزمة من البطاقات ، بعد كل شيء"!

« Savez-vous jouer au croquet ? » cria la reine

"هل يمكنك لعب الكروكيه؟" "صرخت الملكة

La question était évidemment destinée à Alice

من الواضح أن السؤال كان مخصصا لأليس

— Oui ! dit Alice d'une voix forte

"نعم "!قالت أليس بصوت عال

« Venez jouer alors ! » rugit la reine

"تعال والعب إذن "إزأرت الملكة

une voix timide s'adressa à Alice

تحدث صوت خجول إلى أليس

« C'est une très belle journée ! »

"إنه يوم جيد جدا"!

Elle se promenait près du lapin blanc

كانت تمشي بجانب الأرنب الأبيض

et le Lapin Blanc jetait un coup d'œil anxieux sur son visage

وكان الأرنب الأبيض يختلس النظر بقلق في وجهها

« Une très belle journée, en effet, confirma Alice

"يوم جيد جدا حقا "، أكدت أليس

« Où est la duchesse ? »

"أين الدوقة؟"

« Chut ! Chut ! dit le Lapin

"صمت إصمت "إقال الأرنب

« Elle est sous le coup d'une sentence d'exécution »

"إنها محكوم عليها بالإعدام"

« Pourquoi est-elle exécutée ? » demanda Alice

"لماذا يتم إعدامها؟" "سألت أليس

« Elle a éraflé les oreilles de la reine », commença le lapin

"لقد جرجرت أذني الملكة "، بدأ الأرنب

cria la reine d'une voix de tonnerre

صرخت الملكة بصوت الرعد

« Retournez à vos endroits ! »

"اذهب إلى أماكنك"!

et les gens se mirent à courir dans toutes les directions

وبدأ الناس يركضون في كل الاتجاهات

et ils tombèrent tous les uns contre les autres

وسقطوا جميعا ضد بعضهم البعض

Cependant, ils se sont calmés en une minute ou deux

ومع ذلك ، استقروا في دقيقة أو دقيقتين

Et puis le jeu a commencé

ثم بدأت اللعبة

Alice n'avait jamais vu un terrain de croquet aussi curieux

لم تر أليس مثل هذه الأرض الغريبة من قبل

L'herbe n'était que crêtes et sillons

كان العشب كلها تلال وأخاديد

Les boules de croquet étaient de vrais hérissons

كانت كرات الكروكيه قنافذ حقيقية

Et les maillets étaient de vrais flamants roses

وكانت المطارق طيور النحام الحقيقية

et les soldats se tinrent sur leurs mains et leurs pieds

ووقف الجنود على أيديهم وأقدامهم

Parce que les arches ont été faites à partir de leurs corps

لأن الأقواس كانت مصنوعة من أجسادهم

Les joueurs ont tous joué en même temps

لعب جميع اللاعبين في وقت واحد

Personne n'attendait son tour

لم ينتظر أحد أدوارهم

et tout le monde se querellait avec tout le monde

وتشاجر الجميع مع الجميع

et tous se battaient pour les hérissons

وكانوا جميعا يقاتلون من أجل القنافذ

Bientôt, la reine fut dans une colère furieuse

سرعان ما كانت الملكة في شغف غاضب

et elle s'est mise à piétiner et à crier

وبدأت تختم وتصرخ

« Coupez-lui la tête ! »

"اقطع رأسه"!

« Coupez-lui la tête ! »

"اقطع رأسها"!

« Coupez-leur la tête ! »

"اقطع كل رؤوسهم"!

De nouveau, Alice pensa en elle-même

مرة أخرى فكرت أليس في نفسها

« Ils sont affreusement friands de décapiter les gens ici »

"إنهم مغرمون بشكل رهيب بقطع رؤوس الناس هنا"

« Ce qui est très étonnant, c'est qu'il reste quelqu'un en vie !
»

"العجب الكبير هو أن هناك أي شخص بقي على قيد الحياة"!

Elle cherchait un moyen de s'échapper

كانت تبحث عن طريقة للهروب

Elle remarqua une curieuse apparition dans l'air

لاحظت مظهرا غريبا في الهواء

« C'est le chat du Cheshire », se dit-elle

"قالت لنفسها: إنها قطة شيشاير"

« maintenant j'aurai quelqu'un à qui parler »

"الآن سيكون لدي شخص أتحدث إليه"

« Comment vas-tu ? » dit le chat

"كيف حالك؟ "قالت القطة

« Je ne pense pas qu'ils jouent du tout équitablement », a déclaré Alice

"قالت أليس: لا أعتقد أنهم يلعبون بشكل عادل على الإطلاق"

et elle avait un ton plutôt plaintif

وكان لديها نبرة شكوى إلى حد ما

« Ils se querellent tous si affreusement »

"كلهم يتشاجرون بشكل مخيف"

« On ne s'entend pas parler »

"لا يمكن للمرء أن يسمع نفسه يتكلم"

« Et ils ne semblent pas jouer selon des règles »

"ولا يبدو أنهم يلعبون بأي قواعد"

le chat a posé une question à Alice à voix basse

سألت القطة أليس سؤالا بصوت منخفض

« Comment aimez-vous la reine ? »

"كيف تحب الملكة؟"

— Je ne l'aime pas du tout, dit Alice

"قالت أليس: أنا لا أحبها على الإطلاق"

Alice pensa qu'elle ferait aussi bien d'y retourner

اعتقدت أليس أنها قد تعود أيضا

Elle voulait voir comment le match se passait

أرادت أن ترى كيف تسير اللعبة

Elle est partie à la recherche de son hérisson

ذهبت بحثا عن قنفذها

Le hérisson était occupé à combattre un autre hérisson

كان القنفذ مشغولا بمحاربة قنفذ آخر

C'était une excellente occasion

كانت هذه فرصة ممتازة

Elle pouvait croquer un hérisson avec l'autre

يمكنها كروكيه قنفذ واحد مع الآخر

Mais son flamant rose était de l'autre côté du jardin

لكن طيور النحام كانت على الجانب الآخر من الحديقة

Le flamant rose était plutôt maladroit

كان طيور النحام أخرق إلى حد ما

Son flamant rose essayait de s'envoler dans un arbre

كانت فلامنغو تحاول الطيران إلى شجرة

Elle attrapa le flamant rose par la patte

أمسكت بطائر النحام من ساقها

Et elle glissa le flamant rose sous son bras

ووضعت طيور النحام بعيدا تحت ذراعها

De cette façon, le flamant rose ne pouvait plus s'échapper

بهذه الطريقة لم يستطع فلامنغو الهروب مرة أخرى

Juste à ce moment-là, Alice rencontra la duchesse

عندها فقط التقت أليس بالدوقة

La duchesse était maintenant sortie de prison

كانت الدوقة الآن خارج السجن

Elle glissa affectueusement son bras sous celui d'Alice

وضعت ذراعها بمودة تحت ذراع أليس

puis ils sont partis ensemble

ثم انطلقوا معا

Alice était très heureuse de la trouver d'une humeur si agréable

كانت أليس سعيدة جدا بالعثور عليها في مثل هذا المزاج اللطيف

Elle était cependant un peu surprise

ومع ذلك ، كانت مندهشة بعض الشيء

Elle entendit la voix de la duchesse près de son oreille

سمعت صوت الدوقة بالقرب من أذنها

« Tu penses à quelque chose, ma chérie »

"أنت تفكر في شيء ما يا عزيزي"

« Et ça fait oublier de parler »

"وهذا يجعلك تنسى التحدث"

« Le jeu se passe un peu mieux maintenant », a déclaré Alice

قالت أليس" :اللعبة تسير بشكل أفضل الآن"

C'était une façon de poursuivre la conversation

كانت إحدى الطرق للحفاظ على استمرار المحادثة

— C'est vrai, dit la duchesse

قالت الدوقة" :إنه كذلك بالفعل"

« Et la morale de cela est la suivante : »

"والمغزى من ذلك هو":

« C'est l'amour qui fait tout ! »

"الحب هو الذي يفعل كل شيء"!

« L'amour est ce qui fait tourner le monde »

"الحب هو ما يجعل العالم يدور"

Alice avait une autre explication

كان لدى أليس تفسير آخر

« C'est fait par tout le monde qui s'occupe de ses propres
affaires ! »

"يتم ذلك من قبل الجميع الذين يهتمون بشؤونه الخاصة"!

— Ah ! Vous pourriez avoir raison"

"آه ، حسنا إيمكن أن تكون على حق"

— Tout cela signifie à peu près la même chose, dit la
duchesse

قالت الدوقة" :كل هذا يعني نفس الشيء إلى حد كبير"

et elle enfonça son petit menton pointu dans l'épaule d'Alice

وحفرت ذقنها الصغيرة الحادة في كتف أليس

« Et la morale de cela est la suivante »

"والمغزى من ذلك هو هذا"

« Prendre soin du sens »

"اعتني بالإحساس"

« Et puis les sons prendront soin d'eux-mêmes »

"وبعد ذلك ستعتني الأصوات بنفسها"

Mais alors le bras de la duchesse se mit à trembler

ولكن بعد ذلك بدأت ذراع الدوقة ترتجف

Alice leva les yeux et la reine se tenait là

نظرت أليس إلى الأعلى ووقفت الملكة

La reine avait les bras croisés

كانت الملكة مطوية ذراعيها

Et elle fronçait les sourcils comme un orage !

وكانت عبوسة مثل عاصفة رعدية!

« Je vous préviens », cria la reine

"أعطيك تحذيرا عادلا "، صرخت الملكة

et elle piétina le sol tout en parlant

وداست على الأرض وهي تتحدث

« Soit ta tête, soit sa tête doit être coupée »

"إما أن يكون رأسك أو رأسها قبالة"

« Faites votre choix ! »

"خذ اختيارك"!

« Et soyez rapide à ce sujet »

"وكن سريعا في ذلك"

La duchesse fait son choix

اتخذت الدوقة اختيارها

et au bout d'un instant la duchesse avait disparu

وفي غضون لحظة ذهبت الدوقة

Puis la reine s'adressa à Alice

ثم تحدثت الملكة إلى أليس

« Continuons le jeu »

"دعنا نواصل اللعبة"

Alice était trop effrayée pour dire un mot

كانت أليس خائفة جدا من أن تقول كلمة واحدة

et elle la suivit lentement jusqu'au terrain de croquet

وتبعتها ببطء إلى أرض الكروكيه

Pendant tout ce temps, la reine s'est querellée avec les autres joueurs

طوال الوقت تشاجرت الملكة مع اللاعبين الآخرين

« Coupez-lui la tête ! »

"اقطع رأسه"!

« Coupez-lui la tête ! »

"اقطع رأسها"!

« Coupez-leur la tête ! »

"اقطع كل رؤوسهم"!

Bientôt, tous les joueurs ont été en garde à vue

سرعان ما تم احتجاز جميع اللاعبين

il ne restait que le roi, la reine et Alice

بقي فقط الملك والملكة وأليس

Puis la reine s'en alla, tout à fait essoufflée

ثم غادرت الملكة ، وهي تتنفس تماما

et elle s'en alla avec Alice

وابتعدت مع أليس

Alice entendit le roi dire quelque chose

سمعت أليس الملك يقول شيئا بهدوء

« Vous êtes tous pardonnés »

"لقد عفوا عنكم جميعا"

Mais soudain, un autre cri se fit entendre

لكن فجأة سمعت صرخة أخرى

« Le procès commence ! »

"المحاكمة تبدأ"!

et Alice courut avec les autres

وركضت أليس مع الآخرين

Qui a volé les tartes ?

من سرق الفطائر؟

Le roi et la reine de cœur étaient assis

جلس ملك وملكة القلوب

ils étaient sur leur trône quand Alice arriva

كانوا على عرشهم عندما وصلت أليس

Il y avait une grande foule rassemblée autour d'eux

كان هناك حشد كبير متجمعا حولهم

Il y avait toutes sortes de petits oiseaux et de bêtes

كان هناك كل أنواع الطيور والوحوش الصغيرة

Et il y avait tout le paquet de cartes

وكانت هناك حزمة كاملة من البطاقات

Le coquin se tenait devant eux, enchaîné

كان المقبض يقف أمامهم ، مقيدا بالسلاسل

et il y avait un soldat de chaque côté pour le garder

وكان هناك جندي على كل جانب لحراسته

près du roi était le lapin blanc

بالقرب من الملك كان الأرنب الأبيض

Il avait une trompette dans une main

كان لديه بوق في يد واحدة

et il avait un rouleau de parchemin dans l'autre main

وكان لديه لفافة من المخطوطات في اليد الأخرى

Au milieu de la cour se trouvait une table

في منتصف المحكمة كانت هناك طاولة

Sur la table, il y avait un grand plat de tartes

على الطاولة كان هناك طبق كبير من الفطائر

« J'aimerais qu'ils fassent le procès », pensa Alice

"أتمنى أن ينجزوا المحاكمة "، فكرت أليس

« Alors nous pourrions manger quelques-uns de ces rafraîchissements ! »

"ثم يمكننا أن نأكل بعض تلك المرطبات"!

Le juge, soit dit en passant, était le roi

بالمناسبة ، كان القاضي هو الملك

et il portait sa couronne sur sa grande perruque

وارتدى تاجه فوق شعر مستعار كبير

« C'est le banc des jurés, pensa Alice

"هذا هو صندوق هيئة المحلفين "، فكرت أليس

« Et ces douze créatures, je suppose qu'elles sont les jurés »

"وتلك المخلوقات الاثني عشر ، أفترض أنها المحلفون"

certains étaient des animaux, et d'autres étaient des oiseaux

كان بعضها وبعضها طيورا

Juste à ce moment-là, le lapin blanc a crié

عندها فقط صرخ الأرنب الأبيض

« Silence dans la cour ! »

"الصمت في المحكمة"!

« Héraut, lisez l'accusation ! » dit le roi

"هيرالد ، اقرأ الاتهام "إقال الملك

Le lapin blanc souffla trois coups de trompette

فجر الأرنب الأبيض ثلاث انفجارات على البوق

Puis il déroula le parchemin

ثم قام بفتح لفيفة المخطوطة

Et il a lu ce qui suit :

وقرأ على النحو التالي:

« La reine de cœur, elle a fait des tartes, »

"ملكة القلوب ، صنعت بعض الفطائر ،"

« Tout cela, elle l'a fait un jour d'été »

"كل هذا فعلته في يوم صيفي"

« Le valet de cœur, il a volé ces tartes »

"سكين القلوب ، سرق تلك الفطائر"

« Et il a emporté ces tartes loin ! »

!"وأخذ تلك الفطائر بعيدا"

« Appelez le premier témoin », dit le roi

"قال الملك: استدع الشاهد الأول"

et le lapin blanc souffla trois coups de trompette

وفجر الأرنب الأبيض ثلاث انفجارات على البوق

« Amenez le premier témoin ! » cria-t-il

"أحضر الشاهد الأول" إصرخ

Le premier témoin était le chapelier

كان الشاهد الأول صانع القبعات

Il entra avec une tasse de thé dans une main

جاء بفنجان شاي في يد واحدة

et il avait un morceau de pain et de beurre dans l'autre main

وكان لديه قطعة خبز وزبدة في اليد الأخرى

« Tu aurais dû finir », dit le roi

"قال الملك: كان يجب أن تكون قد انتهيت"

« Quand avez-vous commencé ? »

"متى بدأت؟"

Le chapelier regarda le lièvre de marche

نظر صانع القبعات إلى أرنب المسيرة

Le lièvre de marche l'avait suivi dans la cour

تبعه أرنب المسيرة إلى المحكمة

Il avait marché bras dessus bras dessous avec le loir

كان يمشي جنبا إلى جنب مع الزغب

« Le quatorzième mars, je crois, dit-il

"قال: الرابع عشر من مارس ، أعتقد أنه كان"

« Rendez votre témoignage », dit le roi

"قال الملك: قدم شهادتك"

« Et ne sois pas nerveux, ou je te ferai exécuter sur-le-champ »

"ولا تكن متوترا ، وإلا سأعدمك على الفور"

Cela n'a pas semblé encourager du tout le témoin

لا يبدو أن هذا يشجع الشاهد على الإطلاق

Il n'arrêtait pas de se déplacer d'un pied sur l'autre

استمر في التحول من قدم إلى أخرى

et il regarda la reine avec inquiétude

ونظر بقلق إلى الملكة

et, dans sa confusion, il mordit un gros morceau de sa tasse de thé

وفي ارتباكه ، عض قطعة كبيرة من فنجان الشاي الخاص به

En réalité, il voulait croquer dans son pain et son beurre

حقا كان يقصد أن يعض من خبزه وزبدته

Juste à ce moment, Alice éprouva une sensation très curieuse

في هذه اللحظة فقط شعرت أليس بإحساس فضولي للغاية

Elle commençait à grossir à nouveau

كانت قد بدأت تنمو بشكل أكبر مرة أخرى

Le misérable chapelier laissa tomber sa tasse de thé

أسقط صانع القبعات البائس فنجان الشاي الخاص به

et le pain et le beurre tombèrent à terre

وسقط الخبز والزبدة على الأرض

et il mit un genou à terre

ونزل على ركبة واحدة

« Je suis un pauvre homme, Votre Majesté », a-t-il commencé

"أنا رجل فقير ، جلالة الملك "، بدأ

« Vous êtes un bien mauvais orateur, » dit le roi

قال الملك" :أنت متحدث فقير جدا"

« Tu peux y aller, » dit le roi

قال الملك" :يمكنك الذهاب"

et le chapelier quitta précipitamment la cour

وغادر صانع القبعات الملعب على عجل

« Appelez le témoin suivant ! » dit le roi

"استدع الشاهد التالي "إقال الملك

Le témoin suivant fut le cuisinier de la duchesse

كان الشاهد التالي طباخ الدوقة

Elle portait la poivrière à la main

حملت صندوق الفلفل في يدها

et les gens près de la porte se mirent à éternuer tout à coup

وبدأ الناس بالقرب من الباب في العطس دفعة واحدة

« Rendez votre témoignage », dit le roi

قال الملك" :قدم شهادتك"

— Je ne donnerai aucun témoignage, dit le cuisinier

قال الطباخ" :لن أقدم أي دليل"

Le roi regarda anxieusement le lapin blanc

نظر الملك بقلق إلى الأرنب الأبيض

Et le lapin blanc parlait d'une voix douce

وتحدث الأرنب الأبيض بصوت هادئ

« Votre Majesté doit contre-interroger ce témoin »

"يجب على جلالتك استجواب هذا الشاهد"

« Eh bien, s'il le faut, il le faut, » dit le roi

قال الملك" :حسنا ، إذا كان لا بد لي ، يجب أن أفعل ذلك"

« De quoi sont faites les tartes ? »

"مما تصنع الفطائر؟"

« Les tartes sont faites de poivre, principalement », a déclaré
le cuisinier

قال الطباخ" :الفطائر مصنوعة من الفلفل في الغالب"

Pendant quelques minutes, toute la cour fut dans la
confusion

لبضع دقائق كانت المحكمة بأكملها في حالة ارتباك

Finalement, ils se sont tous calmés

في النهاية استقروا جميعا مرة أخرى

Mais à ce moment-là, le cuisinier avait disparu

ولكن بحلول ذلك الوقت كان الطباخ قد اختفى

« N'importe ! » dit le roi

"لا تهتم "إقال الملك

« Appel à la barre du prochain témoin »

"دعوة الشاهد التالي إلى المنصة"

Alice regarda le lapin blanc qui tâtonnait sur la liste

شاهدت أليس الأرنب الأبيض وهو يتعثر في القائمة

Vous pouvez imaginer sa surprise à ce qu'elle a entendu
ensuite

يمكنك أن تتخيل دهشتها مما سمعته بعد ذلك

à tue-tête de sa petite voix aiguë, il appela le nom « Alice ! »

في الجزء العلوي من صوته الصغير الحاد ، أطلق على اسم" أليس"!

Le témoignage d'Alice
دليل أليس

« Ici ! » s'écria Alice

"هنا "إصرخت أليس

Elle se leva d'un bond en toute hâte

قفزت على عجل كبير

et elle renversa le banc des jurés

وانقلبت على صندوق هيئة المحلفين

et elle renversa tous les jurés

وأطاحت بجميع أعضاء هيئة المحلفين

et ils tombèrent sur la tête de la foule en bas

وسقطوا على رؤوس الحشد أدناه

Alice était dans un grand désarroi

كانت أليس في حالة من الفزع الشديد

« Oh ! je vous demande pardon ! » s'écria-t-elle

"أوه ، أطلب العفو "إصرخت

« Le procès ne peut pas avoir lieu », dit le roi

"قال الملك: لا يمكن أن تستمر المحاكمة"

« Les jurés doivent retourner à leur place »

"يجب على أعضاء هيئة المحلفين العودة إلى أماكنهم الصحيحة"

Il répéta l'ordre avec beaucoup d'emphase

كرر الأمر بتركيز كبير

et il regarda Alice d'un air sévère

ونظر إلى أليس بصرامة

« Que savez-vous de ces événements ? » demanda le roi à
Alice

"ماذا تعرف عن هذه الأحداث؟ "سأل الملك أليس

— Je ne sais rien à ce sujet, dit Alice

"قالت أليس: لا أعرف شيئا عن هذا الموضوع"

Le roi lut ensuite un extrait de son livre

ثم قرأ الملك من كتابه

« Règle quarante-deux »

"القاعدة الثانية والأربعون"

« Toutes les personnes de plus d'un kilomètre de haut
doivent quitter le tribunal »

"يجب على جميع الأشخاص الذين يزيد ارتفاعهم عن ميل واحد مغادرة

"المحكمة"

« Je ne suis pas à un mille de haut, » dit Alice

"قالت أليس: "أنا لست على ارتفاع ميل واحد

« Près de deux milles de haut », dit la reine

"قالت الملكة: "ما يقرب من ميلين

— Eh bien, je refuse d'y aller, dit Alice

"قالت أليس: "حسنا ، أنا أرفض الذهاب»

Le roi pâlit

أصبح الملك شاحبا

et il ferma précipitamment son carnet

وأغلق دفتر ملاحظاته على عجل

« Considérez votre verdict », a-t-il dit au jury

"قال لهيئة المحلفين: "ضع في اعتبارك حكمك

Il parlait d'une voix basse et tremblante

تحدث بصوت منخفض يرتجف

Puis le lapin blanc prit la parole

ثم تحدث الأرنب الأبيض

« Il y a encore plus de preuves à venir »

"هناك المزيد من الأدلة القادمة حتى الآن"

et il se leva d'un bond en toute hâte

وقفز على عجل كبير

« Ce papier vient d'être retiré »

"تم التقاط هذه الورقة للتو"

« On dirait que c'est une lettre écrite par le prisonnier »

"يبدو أنها رسالة كتبها السجين"

Il déplia le papier tout en parlant

فتح الورقة وهو يتحدث

« Ce n'est pas une lettre, après tout »

"إنها ليست رسالة ، بعد كل شيء"

« Ce que c'était, c'était un ensemble de versets »

"ما كان عليه مجموعة من الآيات"

« S'il vous plaît, Votre Majesté », dit le coquin

"من فضلك ، جلالة الملك "، قال السكين

« Je n'ai pas écrit ces vers »

"لم أكتب تلك الآيات"

« et ils ne peuvent pas prouver que j'ai écrit quoi que ce
soit »

"ولا يمكنهم إثبات أنني كتبت أي شيء"

« Il n'y a pas de nom signé à la fin »

"لا يوجد اسم موقع في النهاية"

Le roi parla au fripon

تحدث الملك إلى الكناف

« Vous avez dû vouloir causer des méfaits »

"لا بد أنك قصدت التسبب في بعض الأذى"

« Sinon, tu aurais signé ton nom comme un honnête
homme »

"وإلا كنت ستوقع اسمك كرجل نزيه"

Il y eut un claquement général de mains

كان هناك تصفيق عام للأيدي

Et le roi se tourna vers le lapin blanc

والتفت الملك إلى الأرنب الأبيض

« Lisez les vers », ordonna-t-il

"اقرأ الآيات "، أمر

Il y eut un silence de mort dans la cour

ساد صمت ميت في المحكمة

et le lapin blanc lut les versets

وقرأ الأرنب الأبيض الآيات

Ils m'ont dit que vous étiez allé chez elle

أخبروني أنك كنت معها

Et ils lui parlèrent de moi

وذكروني له

Elle m'a donné un bon caractère

لقد أعطتني شخصية جيدة

Mais elle a dit que je ne savais pas nager

لكنها قالت إنني لا أستطيع السباحة

Il leur a fait savoir que je n'étais pas parti

أرسل لهم كلمة لم أذهب

Nous savons que c'est vrai

نحن نعلم أن هذا صحيح

Si elle poussait l'affaire, que deviendriez-vous ?

إذا كان عليها أن تدفع الأمر ، فماذا سيحدث لك؟

Je lui en ai donné un, ils lui en ont donné deux

أعطيتها واحدة ، وأعطوه اثنين

Vous nous en avez donné trois ou plus

لقد أعطيتنا ثلاثة أو أكثر

Ils sont tous revenus de sa part vers vous

لقد عادوا منه جميعا إليك

bien qu'ils aient été les miens avant

على الرغم من أنهم كانوا لي من قبل

Si j'avais la chance d'être

إذا كان يجب أن أكون أو هي فرصة

Si j'étais impliqué dans cette affaire

إذا كنت متورطا في هذه القضية

Il compte en vous pour les libérer

إنه يثق بك لتحريرهم

Exactement comme nous étions

تماما كما كنا

Mon idée, c'est que vous aviez été

كانت فكرتي أنك كنت

Avant qu'elle n'ait cette crise

قبل أن يكون لديها هذا النوبة

Un obstacle qui s'est dressé entre

عقبة جاءت بين

Lui, et nous-mêmes, et cela

هو ، وأنفسنا ، وهو

Ne lui faites pas savoir qu'elle les aimait mieux

لا تدعه يعرف أنها أحبتهم أكثر

Car cela doit être à jamais un secret, caché à tous les autres

لأن هذا يجب أن يكون سرا إلى الأبد ، مخفيا عن البقية

Ce secret doit rester un secret entre vous et moi

يجب أن يظل هذا السر سرا بيني وبينك

Le roi était très impressionné

أعجب الملك كثيرا

« C'est la preuve la plus importante que nous ayons
entendue jusqu'à présent »

"هذا هو أهم دليل سمعناه حتى الآن"

— Je ne crois pas que ces vers aient un atome de sens,
objecta Alice

"لا أعتقد أن هذه الآيات تحمل ذرة من المعنى "، اعترضت أليس

le roi avait sa propre opinion sur la question

كان للملك رأيه الخاص في هذه المسألة

« S'il n'y a pas de sens dans ces mots, cela sauve un monde
de problèmes »

"إذا لم يكن هناك معنى لهذه الكلمات ، فهذا ينقذ عالما من المتاعب"

« Alors nous n'avons pas besoin d'essayer de trouver le
sens »

"إذن لا نحتاج إلى محاولة العثور على المعنى"

« Laissons le jury délibérer sur son verdict »

"دع هيئة المحلفين تنظر في حكمهم"

« Non, non ! » dit la reine

"لا لا "إقالت الملكة

« La condamnation d'abord, le verdict ensuite »

"الحكم أولا - الحكم بعد ذلك"

« Des bêtises et des bêtises ! » dit Alice à haute voix

"الاشياء والهراء "إقالت أليس بصوت عال

« Comme il est stupide de condamner l'accusé en premier ! »

"كم هو سخيف أن نحكم على المدعى عليه أولا"!

« Tais-toi ! » dit la reine en devenant violette

"امسك لسانك "أقالت الملكة ، وتحولت إلى اللون الأرجواني

« Je ne me tairai pas ! » dit Alice

"لن أمسك لساني"

cria la reine à tue-tête

صرخت الملكة بأعلى صوتها

« Coupez-lui la tête ! »

"!اقطع رأسها"

Personne n'a fait un mouvement

لم يقم أحد بحركة

« Qui se soucie de ce que vous dites ? » dit Alice

"من يهتم بما تقول؟ "قالت أليس

Elle avait atteint sa taille maximale à ce moment-là

كانت قد نمت إلى حجمها الكامل بحلول هذا الوقت

« Tu n'es rien d'autre qu'un jeu de cartes ! »

"!أنت لست سوى حزمة من البطاقات"

À ces mots, toutes les cartes se levèrent dans les airs

في هذا ، ارتفعت جميع البطاقات في الهواء

et toutes les cartes s'abattaient sur elle

وسقطت عليها كل البطاقات

Elle poussa un petit cri

أعطت القليل من الصراخ

Elle était à moitié effrayée, mais aussi en colère

كانت نصف خائفة ، لكنها غاضبة أيضا

Et elle a essayé de se battre contre les cartes

وحاولت محاربة الأوراق من نفسها

puis elle se retrouva allongée sur le talus d'herbe

ثم وجدت نفسها مستلقية على الضفة العشبية

Sa tête était sur les genoux de sa sœur

كان رأسها في حضن أختها

Des feuilles mortes s'étaient posées sur son visage

سقطت بعض الأوراق الميتة على وجهها

et sa sœur balayait doucement les feuilles

وكانت أختها تنظف الأوراق برفق

« Réveille-toi, ma chère Alice ! » dit sa sœur

"استيقظي يا أليس العزيزة "إقالت أختها

« Quel long sommeil tu as eu ! »

"يا له من نوم طويل قضيته"!

« Oh, j'ai fait un rêve si curieux ! » dit Alice

"أوه ، لقد كان لدي مثل هذا الحلم الغريب "إقالت أليس

Et elle raconta à sa sœur tout ce qu'elle pouvait se rappeler

وأخبرت أختها بكل ما يمكن أن تتذكره

toutes les étranges aventures que vous venez de lire

كل المغامرات الغريبة التي كنت تقرأ عنها للتو

Alice se leva et s'enfuit en courant

نهضت أليس وركضت

et elle pensait, tout en courant, à son rêve

وفكرت ، بينما كانت تركض ، في حلمها

« Quel rêve merveilleux cela avait été ! »

"يا له من حلم رائع كان"!